科教兴邦草吟

宋垈 著

中国出版集团公司
華文出版社

图书在版编目（CIP）数据

科教兴邦草吟 / 宋垈著. -- 北京 : 华文出版社,
2023.2
ISBN 978-7-5075-5771-8

Ⅰ. ①科… Ⅱ. ①宋… Ⅲ. ①中国文学—当代文学—作品综合集 Ⅳ. ①I217.2

中国国家版本馆CIP数据核字(2023)第014592号

科教兴邦草吟

作　　者：宋　垈
责任编辑：吴文娟
美编设计：李琳琳
出版发行：华文出版社
地　　址：北京市西城区广安门外大街 305 号 8 区 2 号楼
电　　话：总 编 室 010-58336239　发 行 部 010-58336267
　　　　　责任编辑 010-58336192
邮政编码：100055
网　　址：http://www.hwcbs.cn
经　　销：新华书店
印　　刷：北京博海升彩色印刷有限公司
开　　本：710mm×1000mm　1/16
印　　张：15.25
字　　数：140 千字
版　　次：2023 年 2 月第 1 版
印　　次：2023 年 2 月第 1 次印刷
标准书号：ISBN 978-7-5075-5771-8
定　　价：68.00元

目录

序一

澎湃诗情胸臆满，文采斐然一卷

——《科教兴邦草吟》读后感

清平乐·旗手

太空高远，锦绣宏图展。澎湃诗情胸臆满，文采斐然一卷。

系统控制专家，运筹战略堪夸。科教兴邦旗手，壮心报效中华。

前不久，中国工程院前院长宋健院士来函，请我修改诗文集并写序，我倍感亲切，承之有怯，却之不恭，只好从命。

我不仅认真地拜读了老院长的诗词，而且拜读了他的大量文章。许多文章极为精彩，我建议多选一些收入诗文集。下面我简要地谈一下对这些诗文的读后感，权作代序。

作者在 1994 年写的《珍惜机遇》一文的开头有一首诗：

青少将入世，洪潮乘东风。
激流挟嫩枝，支流载浮萍。
中流奋击水，逐浪争先锋。
滞泊湾渚畔，沃土育梁栋。
江河偶潆洄，湍流时发生。
机遇不常有，抓住不放松。

接着说道：“能在事业中做出成绩，勤奋和机遇缺一不可。关于勤奋的重要性，从‘学而不厌，自强自坚’‘业精于勤，荒于嬉’等千年古训，到现代科学家们的‘聪明寓于勤奋’‘勤能补拙’等宏论，都少有异议。对机遇是否重要则时有争论。”“然而，历史总在反复证明，国家的兴旺，事业的成功，人生的成就，莫不需要机会。天时地利不常有，良机难得，稍纵即逝。”然后他通过自己少年、青年时的亲身经历，说明了机遇的重要性。例如，如果不是因为机遇，自己可能就是个文盲，而不会有今天事业上的成功。

从作者娓娓道来的人生经历中，我们可以深切地体会到作者真诚的感恩之心，这令我这个读者深深感动！

至于勤奋，这几乎是所有院士都具备的特点，但在作者身上尤为突出。例如，他在俄罗斯著名的鲍曼工学院留学时，还去莫斯科大学上夜校学习数学，这为他后来从事科学研究打下了深厚的基础，使之既渊深又博大。

然而，我以为除了勤奋和机遇之外，作者人生和事业上的成功还有一个不可忽略的要素：天性或禀赋。纵览其诗文，我深切地感受到，作者的天性极其善良，禀赋极其聪颖，有一颗纯真的赤子之心。我的恩师叶嘉莹先生反复评价我：“不失赤子之心……禀赋有一种纯真的赤子之心。”我觉得受之有愧，但如果用在宋健同志身上却是极其恰如其分的。

反复阅读老院长的诗文，我的体会是：作者的心地像清泉一样纯真，禀赋像菩萨一样善良，情感像烈火一样炽热，心胸像大海一样宽阔，视野像雄鹰一样辽远。

正是由于宋健同志禀赋极其善良而聪颖，学习工作极其勤奋，又能紧紧抓住机遇不放，因此他在事业上取得了辉煌的成就。他是中国科学院和中国工程院的两院院士，美国国家工程院外籍院士，俄罗斯科学院外籍院士，欧亚科学院院士，中国工程院第二任院长（首任院长是国家“两弹一星元勋”朱光亚院士）。获得多项国家自然科学奖和科技进步奖、艾尔伯特·爱因斯坦奖及“何梁何利基金科学与技术成就奖”。2014 年，当国际永久编号 210210 号的小行星被正式命名为“宋健星”的时候，时任中共中央政治局委员、国务院副总理的刘延东同志在贺词中评价说：“宋健院士是我国杰出的战略科学家，为推动我国科技事业的发展做出了重大贡献。”时任全国政协副主席、中国工程院前院长的徐匡迪院士在致辞中列举了宋健院士的主要贡献：“宋健同志是一位享有崇高声誉、德高望重的科学家。他在控制论研究、航天技术和人口控制论等方面做出了系统性、创造性的成就和贡献。在任国务委员、国家科委主任期间，发起并主持了面向农村的‘星火计划’、创立高技术产业的‘火炬计划’等科技项目；领导实施了‘863’‘攀登’等高技术和基础研究计划；还发起了‘夏商周断代工程’，总之他为推动中国科学技术事业的进步和发展及确立‘科教兴国’战略发挥了重要作用。”（见《拥戴天文学》一文）

除了上述在科学技术方面的主要成就和贡献之外，老院长在文、史、哲等人文和社会科学方面也有渊博的学识和高深的造诣。最突出的是他在史学方面发起了“夏商周断代工程”（见《超越疑古，走出迷茫》一文），并写了一首长调词《水调歌头·咏断代工程》：

华夏古文明，漫五千寒暑。太史嗟叹，周厉王前无年谱。先圣丘轲无奈，百代后生懊怃。史家屡竞补，时不逮共谋，江河东流徂。

新时代，换人间，改公历。先代存亡，成今世祖训智懿。考古天文数理，联解古史阙疑。稽三代年表，续史圣伟绩，延信史千禧。

此外，《浪淘沙·青史无限》也是咏史的。至于中国和世界的科学技术史，他更加通晓，在其诗文中多有吟咏、引用和论述，如《渔家傲·求真》《忆秦娥·公理》《科学无止境》等。文章就更多了，最有代表性的是大作《工程技术百年颂》。这是一篇系统阐述工程技术发展历史、现状和趋势的优秀科普文章，充分显示了一位杰出战略科学家广阔的视野和博大的胸怀。《现代科学与社会进步简史》和《科学探索无竟时》都是特性鲜明的优秀科普文章，值得认真阅读。

美文《人性·兽性·虫性》是一篇国内外学者公认的“别开生面的好文章”，“将进化论置于科技的大环境中，以综合观点‘横看’进化论的最精彩的部分在于从进化论角度探讨社会人文问题”。此文不仅涉及生物学特别是人类进化的历史，还涉及宗教和哲学史，是将自然科学与人文社会科学融会贯通的大作。从文章的风格上来看，文笔酣畅淋漓，一气呵成，如行云流水，简直是一首无韵的长诗，具有极高文学性的佳作，让人反复诵读，爱不释手。

宋健同志禀性善良，诗文中充满了人性的光辉，这还可以从以下诗文中看出来。

宋健同志于 1931 年 12 月出生于山东荣成，用他自己的话说是“黄海之滨一个穷乡僻壤”。然而，正如艾青诗歌所言：“为什么我的眼里常含泪水？因为我对这土地爱得深沉……”他的文章《少年风雨》对家乡这片土地的自然环境和苦难历史做了充满深情的叙述。再请看他的《乡愁》：

世事倥偬碌半生，无暇省亲慰乡愁。
祖赋热血逐风雨，海岬内外翔新鸥。
湾内尚存儿时水，人间得道享福佑。
漫游世界五大洲，何处胜媲天尽头？

笑看童伴鬓发白，丰衣足食乐小康。
犹记幼年食糠菜，今羡人人飧细粮。
彼时青少多文盲，今见中学遍城乡。
明朝胶东谁怜我，老夫终生恋梓桑。

“漫游世界五大洲，何处胜媲天尽头？”这里的“天尽头”是指荣成成山头海岬。在《国家地理》杂志社编写的《选美中国》一书中，成山头海岬被评为中国最美的海岸线之一。我多次去过那里，被其独特的美景所吸引，且留有诗词。作者后来虽“漫游世界五大洲”，但在他的眼里和心里，没有一处能与“天尽头”相媲美，拳拳赤子对故土的爱恋之心跃然纸上。“老夫终生恋梓桑”则直抒胸臆，让人为之动容。

《哈尔滨风雪》一文简要叙述了作者从哈尔滨工业大学学习

到赴苏留学期间的经历，其中有许多感慨：“我们这一代纷纷被洪流卷入，随潮而漂，改变了人生走向。十年寒窗，似水流年，我竟从一个‘土八路’被锻成一名科技工匠，这是从未梦想到的。”“在哈尔滨工业大学学习一年，我俄语大进，数理化成绩都出乎意料的好。”可见作者的勤奋之恒，天分之高，接着叙述了赴苏联留学的经历。文中还写到：“东北三省与邻邦的情仇因缘长达二百多年之久。”从文中可以感受到一个赤诚的爱国者对积贫积弱、饱受屈辱的祖国发自内心深处的悲悯之情。

在作者诸多宏文大作当中，我还特别推荐一篇堪称“小夜曲”的短文《不许恋爱》，讲的是不许中国留学生与苏联同学谈恋爱的故事。文章中不仅有一些因“政治压倒伦理，不可抗力”而令人唏嘘不已的小故事，更通过中国和世界的历史阐述了作者的伦理观念，不妨摘抄如下：

情爱是天赋人性之一，是保障人类生存、进步而不灭亡的睿智故技，因而是有史以来文学艺术的永恒主题。文学视情爱与生命等价。孔子肯定情爱“弗学而能”，鲁迅视情爱为新生命之源。20世纪的生物学、医学研究证明，性爱是从远祖继承的，织造在遗传基因中，由内分泌系统和相应器官控制表达的性状。和饥餐渴饮一样，性爱是生物的本能需求，并非完全由“思想问题”引发。情爱受阻对人的生理和精神平衡产生极大的影响，由此引发精神性和实质性生理疾病的案例不胜枚举。

生存、发展、育后是人生命的三大要素，是先天禀赋和理性思维的共生物，是一切政治、经济、哲学、科学发展进步的动原和归宿。凡与此相悖的理论、思想、主义都不会长期受人们欢迎……它是大树，根源自祖先，盘桓地上，长在人间，依存于社会，春花秋实，连亘至未来。性爱与生命同构，与未来同伦。

尽管这些论述毫无疑问是完全符合科学和伦理道德的，但出自一位享有崇高声誉、德高望重的大科学家之笔下，着实让我大吃一惊。它充分证明，作者是充满人性光辉的真正的人，这也再次证明了我前面说的其禀赋极其善良的论断。这样看来，此文不仅仅是“小夜曲”，更是一篇伦理学的文学佳作，其感情的真挚，情怀的开放，人格的魅力，逻辑的透彻，语言的流畅，修辞的精准，完全是一首诗！

在诗文集中，有不少作者与科学家之间的唱和之作，如《科宗敩后人》《智能后镶》《漫洒松烟》《致敬罗沛霖院士》《不吝春风》《浣溪沙·航天垂芳名》《祝越茶年》《乡愁越世纪》等，都充分地体现了作者与其他科学家之间的深厚友谊。

在“自然科学与社会科学”这个标题下，更有许多极为精彩的论述。例如，“在科学问题上的是非之争，不能采取压服方式。

对不同意见，不能搞大批判一类的东西。历史上凡是这样做的，没有一次有好结果。”还有关于“人类的优秀思想是一代一代积累而成”的论述等，读来都振聋发聩。

对“天赋人责”这个命题，作者有一段十分精辟的阐述，我想用现代诗的排列形式列于下面：

大自然
安排
我辈斯代
出生于
这片土地
为她的富强而战斗
是天赋人责
史赋重任

反复吟咏这位高龄老人发自肺腑、饱含深情、自觉担当、铿锵有力、催人奋进、将感性和理性合二而一的真诗，我眼里含着泪水，久久不能平静。这比顾炎武“天下兴亡，匹夫有责”的精神境界更加高远，情感更加厚重。这就是叶嘉莹先生所说的“情动于中而形于言”的真诗、好诗。

宋健同志作为一位杰出的战略科学家和卓越的科技界领导

者，正是出于这种“天赋人责”的使命感，才要以诗文的形式为改革开放和科技兴邦引亢高歌。

请看他的《采桑子·新梁》：

十年风浪遍地慌。
浓霾惊雷，
众生愁肠，
松柏催折兰桂殇。

春回人间天理畅。
杀出血路，斫棘除障，
改革开放新津梁。

上半阕以“浓霾惊雷”“松柏催折兰桂殇”的意象回顾了给国家和人民带来深重灾难的“十年浩劫”。下半阕以“杀出血路”“斫棘除障”的意象赞扬了使国家富强的改革开放。作为该诗文集的第一篇，这是“开场锣鼓”式的改革开放的赞歌。

1988 年，作者有感于大批科学家陆续被选为中央委员而写了一首《科风》：

岁月峥嵘时代新，柳绿花开又逢春。
国强更得科技便，格致隽杰佐风云。

同年，他作为全国科技界的主要领导，大力倡导并实施了以科技兴农为目标的星火计划，并怀着民胞物与的诗人情怀写了《星火谣》。这首歌谣先以河南民歌起兴：“养猪为过年，养鸡为换盐。一间茅屋一盒火，除了神仙就是我。”接着以东方歌舞团歌手朱明瑛所唱河北民歌《回娘家》再次起兴：“路遇一阵风，鸡飞鸭逃亡。”然后对“星火计划”中的养殖产业化重点项目进行赞美：“‘星火’短平快，科技有良方。多产肉蛋奶，童叟先保障。农副产业化，全民飨小康。”从这首短歌谣中可以看出，穷苦家庭出身的孩子对农民充满淳朴而深厚的感情。

1998年，作为中国科学院和中国工程院两院院士的宋健同志，担任了中国工程院第二任院长，他以一首诗《两把火》歌颂了科技面向农村的星火计划（1986）和发展高新技术产业、建立高新技术开发区的火炬计划（1988），这些都是他担任国务委员兼国家科技委主任时提出和实施的：

科技涛涌催乡郭，归舟重载耐风波。
科教兴国漫燎原，一代工程两把火。

1992年3月4日发表在《人民日报》上的《沁园春·科技兴邦》和1995年7月4日发表在《人民日报》上的《木兰花慢·咏科教兴国》，更是俯仰古今、纵横捭阖、气贯山河、雄浑豪放的科技兴邦交响诗：

沁园春·科技兴邦

华夏文明，太古初萌，元古列疆。溯三十亿载，代纪成章。五台秦岭，陆海沧桑。燕山幕终，珠峰突起，俯挽东西襟八荒。究新世，启蓝田周口，元谋郧阳。

炎黄始祖发祥，索岁月五千照九苍。创农耕织造，磁针火药，诗书纸印，算术九章。欣立共和，一星两弹，敢与诸雄论短长。看明日，约吾侪励进，科技兴邦！

——发表于 1992 年 3 月 4 日《人民日报》

大作《沁园春》上半阕从“华夏文明”之“太古”和“元古”开始，继而是“陆海沧桑”的自然地理，再到“蓝田周口，元谋郧阳”之“新世”，真是“俯挽东西襟八荒”。下半阕继续历史的纵向延伸，从“炎黄始祖”开始，继而“农耕织造”、四大发明、“算术九章”，再写到近代和现代：“欣立共和”“一星两弹”，最后落脚到当下和未来：“看明日，约吾侪励进，科技兴邦！”我们仿佛看到，一位赤胆丹心的炎黄子孙，站在高山之巅极目远望，襟怀八荒，胸中燃着烈火，眼里噙着热泪，纵览古今，热情讴歌，以“天赋人责，史赋重任”的责任感殷切地期望着“科技兴邦”！

这是一首典型的“豪放词”，读来让人心潮澎湃，激情满怀，堪称这本诗文集的巅峰之作。

木兰花慢·咏科教兴国

扉乍起凝眸。懊柯烂，怅梦悠。忆千载幽闭，百年屈辱，悲啸难收。公车书，辛亥吼，革命再少神舟巨叟。民主共和伟业，改革开放圣谋。

桃源人满燕不留，贫困撩心愁。察百域盛缘，科学致富，万邦风流。高科技，笃教育，科教兴国，芳菲琼楼。有信苍穹无恙，云何不得丰酬？

——发表于 1995 年 7 月 4 日《人民日报》

《木兰花慢·咏科教兴国》是作者的另一首巅峰之作。上半阕以哲人般的悲悯之心，回顾“千载闭幽”和“百年屈辱”的历史，从而“悲啸难收”，进而为“民主共和”与“改革开放”大声疾呼。下半阕开头的“贫困撩心愁”和“科学致富”，应该暗指他作为国家科技领导者提出并实施的“星火计划”。“高科技，笃教育，科教兴国，芳菲琼楼”，内涵比较明确，指作者倡导和推行的“火炬计划”及科教兴国方针。最后，作者用诗意盎然的语言表达了对科教兴国的满怀信心：“有信苍穹无恙，云何不得丰酬？”意思是说苍天有眼，不负诚心，再次体现了作者“天赋人责，史赋重任”的赤子之心。

除了上述的诗词大作，还有一篇为改革开放鸣锣开道的好文：《杀出血路，改革开放》。

作者的视野跨越一个半世纪，“从鸦片战争列强撞开中国紧闭的大门，到20世纪末的自主改革开放，祖国经历了一个半世纪的漫长岁月，充满了曲折、坎坷、流血和牺牲，多少仁人志士和学者献出了生命。”接着系统地列举了大量的历史事件和历史人物，从“戊戌变法”到“文化大革命”，从谭嗣同到马寅初，作者深沉地感叹到：“开放路漫漫，人生无坦途。盛世道路也崎岖。”

文中断言：“如果中国人能从历史中学到什么经验教训的话，那就是必须对外开放。科学中的一条基本原理是：任何一个系统，只有在开放的环境下，流畅地与外界交换能量、物质、信息，才能健康地发展壮大。相反，一个封闭的、与外界隔绝的系统只能逐步走向无序和衰亡。这就是热力学第二定律。在一个封闭系统中，它的熵，即无序性，必然逐步增大。中国的近代史充分证明，这条定律对经济、科技和其他社会系统都适用。”此文最后又写到：“我们仍须记住邓公的劝导：埋头苦干，韬光养晦，坚定不移地以经济建设为中心，集中精力把自己的事办好。要实现四个现代化，首先科学技术要现代化。”“中国的故事还在继续，向富强、民主、文明的方向走去。然而，彼岸仅见轮廓，还需要勘探前进，‘摸着石头过河’。”这些论述充满了深刻的哲理和敏锐的历史洞见。

文中还引用毛主席的话语，展示其向世界一切国家的优点学习的博大胸怀。“我们的方针是，一切民族、一切国家的长处都要学，政治、经济、科学、技术、文学、艺术的一切真正好的东西都要学。”“将来我们国家富强了，我们一定还要谦虚谨慎，还要向人家学习，不要把尾巴翘起来。”由此可见，作为科学界主要领导人，记住毛主席的远见卓识是多么睿智，结论是多么明晰。这一切再一次反映出作者“天赋人责”的历史担当。

选入该诗文集的文章只是作者大量文章中很小的一部分。实际上，我这段时间认真拜读了老院长的文章约一千页，受益匪浅，感慨良多。除了上面所述之外，我觉得他文风极佳：没有任何套话、假话、大话、空话，完全是基于其渊博学识的真心话，体现了一个“真”字；一切都基于其纯真善良的本性，体现了一个“善”字；语言生动，逻辑清晰，流畅自然，如行云流水，篇篇都是无韵长诗，体现了一个“美”字。这些文章与其诗词大作相映成趣，构成一个和谐的整体，是真、善、美的集大成，诚如本文标题所言：澎湃诗情胸臆满，文采斐然一卷。

承蒙老院长的信赖，让我为其撰写序言，使我有机会系统拜读学习这位中西融会、古今贯通、文理渗透、禀赋善良、人品高尚、勇于担当、豪情满怀的杰出战略科学家文采斐然的诗文大作，收获良多。我真切地感觉到，我们的心意是相通的，大有相知恨晚之感。这篇读后感中的话都发自肺腑，与职位高低无关，没有丝毫的奉承之意。当然，如果单纯从形式的角度来看，与“新古体”

或“解放体”相比，我个人还是更倾向于比较宽松的格律体（例如旧韵与新韵双轨并行）。关于这一点，作者在给我的信函（请见附录）中已经非常谦虚地提到了。尽管宋健同志已经九十高龄，但身体依然非常健康，精神矍铄，精力充沛。我深信，凭借其天生的聪敏和超人的勤奋，对格律一定会很快掌握并运用自如的。

在这篇读后感的最后，我想为宋健院士的这本诗文集敬献一首小令《清平乐》，放在文首，请老院长笑纳。

王玉明

2022 年 5 月 10 日凌晨 1 点初稿

附：致王玉明院士的函

玉明同志久仰：

尝诵读足下诗词佳作，文情并美，格律严谨，遣词造句，生动感人。你是我们院的诗书词家，名门诗魂，不胜敬佩。

时光无情，不佞已过耄年。有朋友建议，把半生与师友们动情唱和的打油痴句搜集成册，以留后人粲哂。自愧不谙诗词，寡记格律，只觉绝、律、长短句之类构造极适宜吟啸喜怒郁结，又不悖时伤人，固偶有吟哦。曾见臧克老、沈雁冰等前贤有训：诗重在真情，新诗不必拘于格律平仄，可称“解放体”。我喜欢余光中的《乡愁》，欣赏杨宪益、启功等先生的自由体打油诗。他们给外行人以勇气，怒吼、呼号、呻吟都有真情在！

但回头看拙句《科教兴邦草吟》，违规造句，舛误遍纸，颇感赧颜，故想到向方家求教。若足下不吝翻阅，斫薙丑陋，则成聆教良缘。还觊望得到足下笔墨或诗词代序，列为开册珠玑，为《科教兴邦草吟》增色。如蒙应允，将万分感纫。

此致

敬颂

大安

宋健　再拜

2022 年 3 月 21 日

附：王玉明院士书法作品

清平乐·旗手

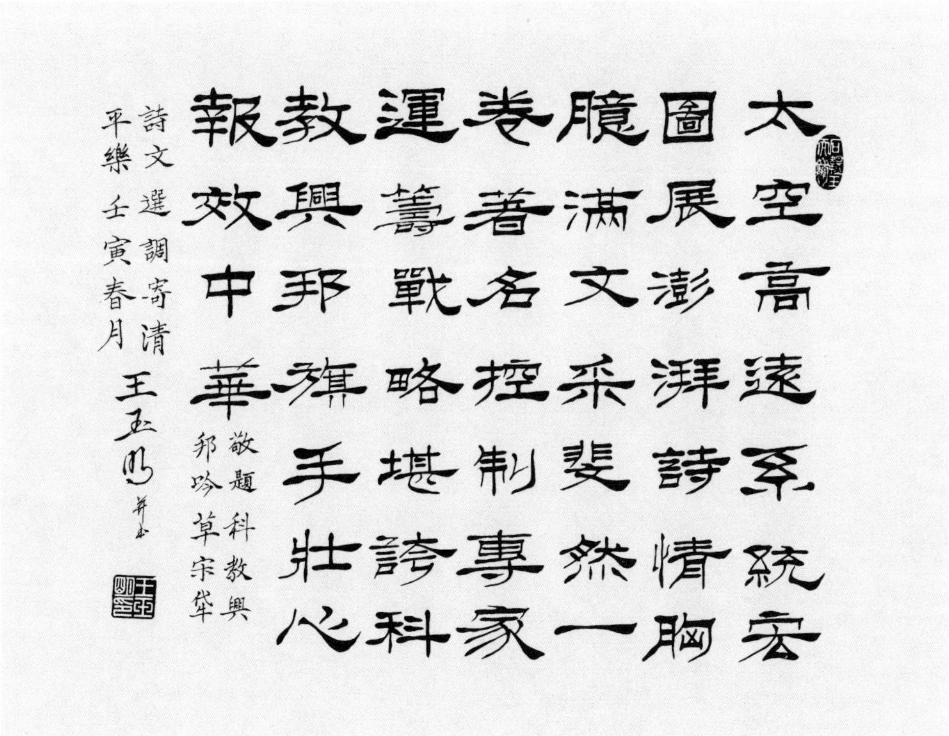

注：作者后来对该词作了修改，故词作与书法作品存在些许差异，特此说明

序二

苦恋征衣不落帆

——宋健诗词中的科学精神和家国情怀

捣练子·读宋健诗词有感

吟时代，记衷情。云河宇轨畅轻盈。笔蘸村头黄海水，诗抒华夏万科风。

家国爱，梦魂萦。征衣不落奋帆行。俯仰天地无所愧，春秋褒贬任平生。

定风波·致宋健院士

控系双耘“两论”精，综析人口释国情。云轨奇思牵导弹，神算，太空妙策拽飞星。

启振高科携众力，擎炬，耕播星火促攀登。续补商周接断代，传爱，中华青史著豪英。

我的老领导、宋健同志派人送来一封信，让我为他的诗词集写前言或序，令我诚惶诚恐。

宋健同志于我有知遇之恩。他发现了我对科技的感情，力主将我调入《科技日报》，后又支持我担任该报的总编辑。他曾三次让我随他出国访问，我在他身上学到了太多。在内心深处，他是我的老师，是我学习的榜样。所以，怎敢妄言写序！

但是，他人寄来的诗词稿件，又给我提供了一次向他学习的机会。读他的诗词，除了享受中华传统诗词艺术之美，更重要的是能真正体会到什么是“诗以言志，诗以载道”。

他的诗词，和着历史的节拍前行。读后掩卷长思，想到中华民族是何等伟大，能够在备受列强掠夺摧残的极其严酷的境遇中奋起，用一百年的时间，坚实地走过“站起来”“富起来”“强起来”的三个历史阶段，创造了世界历史发展的传奇。同时，中国共产党是何等伟大，能够从弱到强，星火燎原，领导中国人民创造这一传奇。

我觉得，中国共产党的伟大之一，就是可以聚集众多中华民族的优秀儿女！

他的诗词，让我看到一位优秀的共产党人，一位在三个历史阶段都做出突出贡献的科学家的心路和激情。这些诗词的字里行间，充满着对科学真理的无穷探索，充满着对国家的无比热爱，充满着对人民和家乡父老的无限真情。

读宋健的诗词，我便感受到他探索科学真理、努力超越前人的激情。

科探无止境

日月丽天鉴史乘，社稷永续换代频。

科探新知无止境，今昔公理不绝伦。

这首作于2013年的诗，题目非常鲜明。这是他的一贯思想——“汉河外，万古迢迢不知边”（《渔家傲·求真》），也是他的行动指南——“辨天道，先贤穷经凭皓发”（《忆秦娥·天理》）。

我觉得，词一直伴随着他：超越。宋健同志从年轻时起到现在，不是在超越前人，就是在超越自己的路上。

从他自身的学习过程看，他时时刻刻都在改变着自己，重新塑造着自己。

在中华民族“站起来”的历史阶段，他是一位年轻的战士。令人难以想象的是，1946年，还是八路军中一名勤务兵的15岁少年宋健，竟在值勤之余，于当时威海图书馆读了很多藏书。

“青少将入世，洪潮乘东风。”（《珍惜机遇》），他的诗词就是他人生的写照。

1951年，宋健被保送到由苏联教授授课的哈尔滨工业大学。

从一名初中生变成大学生，但他的俄语几乎交了白卷。他昼夜奋战，学习俄语，补习课程，连早上刷牙洗脸的空隙都用来锻炼俄语听力。有一天早上，听着俄语广播，他忽然发现自己能全部听懂时，竟然激动得热泪盈眶……

他这样记载这个历程：“淮海战役前，奉命学技能，十载寒窗淬，不意成科工。”（《耄年吟》）虽然他说“不意成科工”，我却特别注意到这个“淬”字。这已经不是寒窗的读书苦，而是要烧红了往水里浸，再烧再浸。这样的淬砺、淬勉，不但能成为科工，还一定能成为硬度和强度都极高的“合金”科工！

“十载寒窗淬”的结果，就是在鲍曼工学院，宋健的近五十门功课成绩全是满分，获得“金质奖章”。在读书的同时，他还开展了科研工作，并对控制论做出了重大的贡献。在大学的最后一年，他独立完成了三维空间最优控制系统的综合理论和全部实验工作，出色地完成了一项当时在控制论科学实验中具有重要意义的研究，开辟了从理论到实际工程应用的先例，完成了一次对现实科技水平的超越。宋健的这项成果在苏联科学院刊物上发表后，引起了学术界的重视。苏联控制论科学家 A. A. 费德包姆教授赞叹说：“宋健代表了中国人的智慧和奋斗精神，中国的前途无量！”

1972 年，周恩来总理在一次接见时，亲切地问宋健：“你英语怎样？”总理的关心极大地激发了他攻克英语口语的决心。已经 40 岁的他开始学习英语，到 1980 年，他已能在美国几所大学中用英语讲学，连美国人都对他的英语口语赞叹不已！

“长征在路上，强国须登攀。迎接新挑战，壮士不言难”（《听惊雷》），这是他的心声。

我随宋健出访日本和澳大利亚时，看到他有两件东西不离手：一个小本和一支笔。无论走到哪里，一听到、见到感兴趣的东西，他就会立即掏出本子和笔，认真地记录。在东京污水处理厂，在筑波的研究所，他都提出了许多问题，把得到的回答都一一记在本子上。

日本的一些人员还为此争论过，作为一位国家的科技领导人，应不应该自己拿笔做记录。有的人认为这样做有失身份，更多的人认为就应该这样做。还有的人对此很钦佩，认为宋健当了领导仍然保持“学者本色”，难能可贵！日本有的新闻单位还专门就此做报道说，宋健的来访，带来了中国专家型领导人的新风！

我觉得，正因为他认为“科探新知无止境”，才使得他在知识的深度和广度上都远远超越了他的专业。记得在东京，他和日本的专家不仅谈原子能、海洋技术、控制论、系统论，还谈到一位叫阿倍仲麻吕的日本学者在唐代的长安工作了很多年，写了很多唐诗，和中国的大诗人李白、王维写的诗一起载入了史册。他谈苏铁树和恐龙的时代，谈“树熊”的特性和学名，谈澳洲企鹅和南极企鹅的不同。

在澳大利亚访问时，我想，既然到了南半球，就应该看看南十字星座的真容。可是一连两晚上也没看见。早上说起这件事时，宋健同志告诉我：这个时间，南十字星座要到凌晨三点才出来呢。

一个人的知识渊博到了这个程度，该是付出了多少努力？

可以想象，“一路遍历，胜利欢乐，崎岖风霜，岁月如歌，激奋悲壮”（《耄年吟》）的他，是怎样在“中流奋击水，逐浪争先锋”（《珍惜机遇》）！

从科学研究的角度看，他从来就没有停止过对现有成就和水平的挑战。

在中华民族“富起来”的历史阶段，宋健成长为一名世界著名的科学家。

学成回国之时，已经是“神州天翻地覆”，“新中国屹立东方”。他豪情万丈，认为“工业化夙梦成真，现代化指日可望”（《耄年吟》），立即投入火热的社会主义建设热潮，参与了我国导弹的研制工作。

他深深地理解这一工作对中华民族的重要意义，出色地完成了中国第一代防空导弹控制系统的设计制造和装备生产，为我国地空导弹的发展做出了重要贡献。从 1965 年到 1975 年，他担任我国反弹道导弹武器系统研制工作的科学技术总负责人，突破了大量理论上和技术上的关键问题。

20 世纪 80 年代初，宋健受命担任了中国第一颗通讯卫星的发射、飞行控制试验的总指挥。这又是一个新的挑战。

在太空中，深受各国瞩目的地球静止卫星轨道只有一条，只能布置 120 颗卫星，而到 1984 年我国发射这颗卫星时，已经有 102 颗卫星在这条轨道上定点了。为了抢到轨道位置，这颗卫星从决定研制到发射成功，仅用了 8 年时间。宋健作为发射试验总指挥，承担了巨大的责任，付出了大量的心血。

“大气海洋人寰，飓风惊涛蔽月。许身科教兴国业，任风浪宕跌。”（《谒金门》）这首赠曾庆存院士的诗，应当也是他自己的心声。

在中华民族“强起来”的历史阶段，他是著名科学家、两院院士和国家科技领导人。在这个阶段初期，他曾经做出过独一无二的贡献。1979 年年底，宋健和助手们，找出了可以用数学表达的中国人口规律，推出了人口发展模型和控制模型及人口方程，为世界人口学界所接受，被称为“宋氏定律”。这个理论远远超越了前人。

1980 年 9 月，宋健在美国哈佛大学等学术机构讲学的时候，讲到了“人口控制论”，听众席上一片赞叹。美国著名人口学家段纪宪在信中说：“宋健教授雄才大略，气壮山河，从他身上，我看到中华民族大有希望！”

宋健创立了融自然科学和社会科学于一体的新学科——人口控制论。1987 年，这一理论获得了国际数学建模协会最高奖——

艾尔伯特·爱因斯坦奖。

从他前进的脚步中，我深深地感受到了他“寤寐强国梦，奋笔吼西风”“日月频追逐，冲合期无穷”（《耄年吟》）的坚定信念。

读宋健的诗词，我感受到浓浓的家国情怀。

“岁月峥嵘时代新，柳绿花开又逢春。国强更得科技便，格致隽杰佐风云。”

1988 年党的十三大之后，大批科学家被选进了党的中央委员会。对科学家的重用，体现出中央对科技的高度重视。他喜悦地唱出了这首《科风》，这是对未来盛世的期望，这是对国家强大的企盼，这是唱给“强起来”历史阶段的赞歌。

在中华民族“强起来”的过程中，有非常重要、非常坚实的一步：确立科教兴国的大政方针。这一时期，宋健担任国务委员兼国家科委主任，实际上是科教兴国方针的具体政策制定者和推动者。他知道，这是“民主共和伟业，改革开放圣谋”（《木兰花慢·咏科教兴国》），需要他“察百域盛缘，科学致富，万邦风流”（《木兰花慢·咏科教兴国》），需要他“约吾侪励进，科技兴邦”（《沁园春·科技兴邦》）。

但当时的情况是“十年风浪遍地慌。浓霾惊雷，众生愁肠，松柏摧折兰桂殇”（《采桑子·新梁》）。

面对这些艰难曲折，他推出和参与推出的“改革开放圣谋”，“火炬计划”“星火计划”“863 计划”“973 计划”，以及成立中国工程院等等，每一项在现在看来都意义重大，每一项都改变着神州大地的面貌。

不过，我们也可以从他的诗词中体会到当时的不容易："杀出血路，斫棘除障，改革开放新津梁。"（《采桑子·新梁》）也能体会到在整个过程中，他的钢铁意志："飓风海啸尘暴，偶势山崩地坼。冀望科技驭风沙，壮士睿志如铁。"（《西江月》）

在所有这些计划、措施中，让我最深地体会到他浓浓的家国情怀的是"夏商周断代工程"。

说到这个工程的提出，我又想到了他说的"机遇"。他的诗中有"江河偶潆洄，湍流时发生。机遇不常有，抓住不放松"（《珍惜机遇》）之句，这既是他内心的映照，也是他行动的指南。

"文化大革命"时期，有人指控宋健"里通外国"。在周恩来总理的关怀下，宋健被保护起来，送到了西北戈壁滩的酒泉火箭发射基地"出差"。当时除了身上穿的那套旧军装外，他一无所有。远离亲人，离开工作岗位，寂寞孤独时时笼罩心头。然而，他很快就超越了现实的痛苦，因为他有了两个发现：一是他突然发现自己拥有了很多时间，二是他发现那里有一座藏书极多的图书馆！

这也是"机遇"。他在基地发愤苦读，钻研天文学、宇航学、超高音速空气动力学、原子物理、分子光谱学等理论。多年后，他总结这一段时说："若夫概断'文革'全损无益，也未必。太史公早有议论：《春秋》《离骚》《国语》《兵法》《诗》三百篇大抵为发奋之所作。这一年多的逃难，收获甚丰。特别是天文和原子、分子物理，对我以后的工作和科研产生了极其重要影响。”

他用“逃难”的时间又上了一个大学！

智者自智。智者的思路就是和一般人不一样。当一般人沉浸在痛苦中呼号的时候，智者却利用痛苦带来的机会充实自己，为下一场战斗补充了实力。我想，这一段时间的积累，对于他日后提出“夏商周断代工程”这一超学科集大成的课题应该很有帮助。

1996年年初，宋健叫我去汇报工作。走的时候，给了我一篇文章，说，你看看，提点意见。

这是一篇题为《超越疑古，走出迷茫》的讲话稿，后来被媒体称为解决中华民族的“哥德巴赫猜想”的钥匙，它开启了由宋健邀请的4位首席科学家领衔、170位专家共同协作的跨学科重大课题：夏商周断代工程。

他在文章中说，在世界历史上，只有中华文明5 000年绵延不断，即以公元前841年前的夏商周三代帝王而论，名谥世次，昭昭在目，唯独缺乏纪年，使我们说起“5 000年文明史”来，理不直，气不壮。司马迁的《史记》，把中国历史最早的纪年年代，仅仅上推到公元前841年。这就是说，以本年为界，中华民族有确切编年的历史，只有2 859年。而我们常说的“5 000年文明史”，还有 2 141 年，尚待科学的证明。这问题很严重，严重到无法向世界证明中华民族有 5 000 年文明史。

他列举了很多史书记载。历代帝王祭黄帝陵，众多而详的关于黄帝的记录，名谥世次、妻、子名姓俱全，史实清楚，可信可鉴。但是因为我们拿不出一个确切的纪年，黄帝居然被有些“历史学家”说成是“传说”。

他在词中详述了这个苦恼：“华夏古文明，漫五千寒暑。太史嗟叹，周厉王前无年谱。先圣丘柯无奈，百代后生懊怃。史家屡竞补，时不逮共谋，江河东流徂。”（《水调歌头·咏断代工程》）

是啊，这个问题孔子孟子没能解决，多少代贤达大儒、历史大家没能解决！

要实证中华 5 000 年文明的历史，我们就必须拿出一个确切的纪年。对于如何拿出这个“确切的纪年”，他给出方法：“考古天文数理，联解古史阙疑。”（《水调歌头·咏断代工程》）

宋健同志提出了工程，更指出了工程实施的方案。要自然科学、社会科学、人文科学一起，运用现代的科技成果合作。在古代，以司马迁那样的史才，面对残缺不全的夏商周三代纪年文献，也只好望文兴叹，把难题留给后人。在近代，以郭沫若那样的大师，史学文学考古学无一不精通，却也在年代学的门槛前止步。这是场海陆空外加电子战的立体战役，只有宋健这样的集学者和领导于一身、集自然科学和文史哲系统控制两论于一身，在现代科学的支持下才能提出这样的工程和方案。

于是就有了这个国家“九五”科技攻关重点项目——夏商周断代工程。该工程将自然科学、社会科学和人文科学的研究手段和研究成果相结合，设置9个课题44个专题攻关。

如果分开学科，再大的专家也定不下这些历史的具体年月日。可是集合在一起，奇迹就发生了。这就说明，子系统集合为巨系统后产生的力，远远大于各个子系统力的总和。

现在，网上已经可以查到商代后期的纪年了，中国有纪年的历史已经向前推进了500年。向世界实证中华民族5 000年的文明史，在现代科学的支持下，我们已经做到了。

“稽三代年表，续史圣伟绩，延信史千禧”（《水调歌头·咏断代工程》）！

能够想到这个问题，能够敢于提出这个问题，能够呕心沥血寻找解决问题的途径和方法，能够义无反顾实施解决问题的方案，该有多么渊博的知识？该有多么博大的胸怀和胆略？该有多么深沉的对国家民族的热爱？

写到此，又想起他的话：“哀人生之须臾，羡长江之无穷。我们都必须向大自然抢时间，活得久一些，多做点事。”“大自然安排我辈斯代出生在这片土地上，为她的富强而战斗，是天赋人责，史赋重任。”

真正是“宇宙人间情万缕，犹见殷殷一片心”（《科宗教后人》）。

读宋健的诗词，我感受到他对故乡故土、家乡父老深深的眷恋。

多年前曾经看到一篇报道，其中说：

宋健是农民的儿子，他的父亲至今住在家乡的黄土地上。宋健从没忘记过父老乡亲，他常常说：“是黄土地把我养大，培养我学了知识文化，培养我学了科学技术，我要把它加工成奶，挤出来回报给农民。”

我想，这就是他诗中所说的“明朝胶东谁怜我，老夫终生恋梓桑”（《乡愁》）。

在《乡愁》中还有一句：“世事倥偬碌半生，无暇省亲慰乡愁。”这是因不能常常回乡看望父老乡亲而生发的惆怅。但是，无论在什么地方，哪怕是在异国他乡，我也能感受到他对故乡的眷恋。

随他访问日本，遇到上海到日本留学的姑娘小季。她受日方日中科技协力会聘请，来为我们代表团做些工作。宋很仔细地询问了她的学习情况，鼓励她好好学习，学成之后为国效力。听到她回答说“我一定回去，我不会忘记自己的家乡”时，他高兴之情喜形于色。

随他访问澳大利亚，参观战争纪念馆时，偶然遇到了一个中国留学生。问她的情况时，她说，她准备留在澳洲，不回中国了。宋健说，你留在这里，也要好好学习，你无论回不回去，祖国都是关心你们的，都是希望你们有成绩的。

在参观时，我抽空又找到那位女留学生。她说，我原来以为说不回国，他会批评我。没想到，他还鼓励我好好学习。请转告他，其实，我无论在哪里，都会记得我是炎黄子孙……

访问日本神户的一天晚上，在神户的“神仙阁”饭店吃饭。我出来往北京发传真稿，再回餐厅的时候，一位身佩“总领班”标志的老人拉住我，欲言又止。我说，我不懂日语，要不我把翻译叫出来？他开口了，竟是地地道道的山东荣成话！

他说，他叫毕庶荣，很小就到日本来了。现在也混得不好，一大把年纪了，还在给人家打工。他听说宋健国务委员是山东荣成人，是自己的老乡。他很想见一见老乡，又想到人家是那么大的官，所以不敢……

我深为老人家的思乡之情所感动。我和他说，别的领导我不知道，宋健一定会见你的，我领你去。我拉着他进餐厅时，他还在说：“能行吗？”

我轻声在宋耳边报告了毕庶荣的情况，正在吃饭的他一下子就站了起来，只见他一把就抱住了毕庶荣，说：“这么多年，你不容易啊！”

望着两个老人抱在一起，望着毕庶荣老泪纵横的脸，我竟也涌出一股想哭的感觉……

我后来曾经这样写我当时的感受：我于是找到了“好人”的第四个感觉：好人永远不会忘记自己的家乡，自己的父老乡亲……

作为一位科学家，他深知人生几率的偶然："分子偶串聚，出世微几率"（《乡愁越世纪》）；作为为中华民族伟大复兴的一位战士，他尽自己全部的努力："无愧天，不怍地，拼搏科海尽心力"（《乡愁越世纪》）；作为一个祖辈在黄海边躬耕的农家后代，他永远记得自己的家乡，自己的本源："人生若抒歌，乡愁越世纪。"（《乡愁越世纪》）

宋健同志 89 岁生日的时候，我曾填《定风波》词一首、写成书法以恭贺，并在我的公众号《科海追星》上发表（见附录）。今天，读他的诗词，又被他的激情所激动，填了两阕《捣练子·读宋健诗词有感》：

吟时代，记衷情。云河宇轨畅轻盈。笔蘸村头黄海水，诗抒华夏万科风。家国爱，梦魂萦。征衣不落奋帆行。俯仰天地无所愧，春秋褒贬任平生。

注：宋健词中有句"苦恋征衣不落帆"，酷爱，遂以此为题。

张飙

2022 年 4 月 22 日

附：致敬控制论系统工程和航空航天技术专家宋健院士

定风波·致宋健院士

张飙

控系双耘“两论”精，综析人口释国情。云轨奇思牵导弹，神算，太空妙策拽飞星。

启振高科携众力，擎炬，耕播星火促攀登。续补商周接断代，传爱，中华青史著豪英。

注：今天是宋健院士(1931年12月29日出生)的生日。他是控制论、系统工程和航空航天技术专家。他修订和扩充了钱学森《工程控制论》一书，进一步发展了控制理论。建立了“人口控制论”新学科，对中国和发展中国家的人口发展具有重大现实意义。在组织领导通信卫星的发射和定点过程中做出了重要贡献。发起并主持了面向农村的“星火计划”、发展高技术产业的“火炬计划”等科技计划；领导实施了“863”“攀登”等高技术和基础研究计划；为推动中国科技事业的发展做出了重大贡献，发起了“夏商周断代工程”。对于中华民族的历史考证有着重大意义。

1992年当选中国科学院院士；1994年当选中国工程院院士，同年当选美国工程院和俄罗斯科学院外籍院士，2014年国际永久编号210210号的小行星正式命名为“宋健星”。

祝宋院士生日快乐，福寿康宁！

附：张飙先生书法作品

定风波·致宋健院士

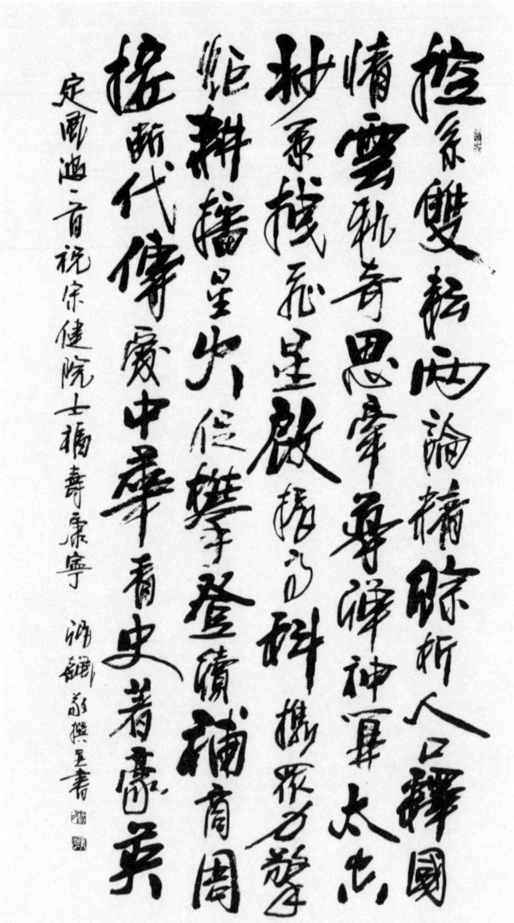

前　言

20 世纪是人类历史上天翻地覆的伟大时代。两次世界大战，激烈的革命，社会主义兴起，法西斯灭亡，殖民主义命终。科学大跃进，技术腾飞，生产力大发展。人类掌握了飞翔、潜海，征服太空，遍探太阳系，驾驭了原子能。生产和消费实现了电气化、信息化、智能化。解开了生命之谜，创造新物种，改造农牧业，战胜瘟疫，人类能普享天年，生命如歌。

中国推翻了帝制，肇始共和，新中国诞生。抗美援朝，不再受辱。改革开放，科教兴国，经济腾飞，全面小康。工业化夙梦成真，现代化指日可待。

人生暂短，万世一瞬，沧海一滴。出生和经历过 20 世纪这个伟大时代的人，千祺万福，天赐良缘。都有说不尽的激扬悲壮。

进入 21 世纪，新时代赋予人们的任务更伟大：建成富强、民主、幸福、美丽的社会主义现代化国家，任重路崎。与世界发达国家相比，我们还有不小的差距，我们是后来者。中国落后了数百年，这不是哪个人的责任，这是久远历史积成的。现在有人把落后的根源归结于武则天和慈禧太后等，着实可笑，连鲁迅都不信。清代顾炎武提出“国家兴亡，匹夫有责”。大自然安排我们出生在这片大地上，为她的富强、文明而奋斗，是天命。每一代人都应担当起自己的责任。科教兴国，振兴中华。这就是天赋人责，史赋重任。

21 世纪是中国人创造辉煌的世纪，我们应为全人类的发展进步做出自己迟到的贡献。

诗文选

采桑子 · 新梁

（1986）

十年风浪遍地慌。
浓霾惊雷，众生愁肠，
松柏摧折兰桂殇。

春回人间天理畅。
杀出血路，斫棘除障，
改革开放新津梁。

科　风

（1988）

岁月峥嵘时代新，
柳绿花开又逢春。
国强更得科技便，
格致隽杰佐风云。

注：1988年中共十三届代表大会以后，大批科学家陆续被选进中央委员会。

星火谣

（1988）

千年事农耕，积俗成遗风。
养猪为过年，养鸡为换盐。
一间茅屋一盆火，除了神仙就是我。①

只鸡伴孤鸭，赍礼拜萱堂。
路遇一阵风，鸡飞鸭逃亡。
怎奈家境窄，寒碜见爹娘。②
农人多贫弱，何处不戚凉。

改革开放日，视界渐宽广。
养殖工业化，蛋肉成稻粱。
鸡鸭猪牛羊，鱼虾蟹贝蚌。
全球选佳品，海量繁育养。

“星火”短平快，科技有良方。③
多产肉蛋奶，童叟先保障。
农副产业化，全民飨小康。

注：

①引河南1980年代民谣：傍水依山，瓦房三间，朝暮安然。耕种二亩责任田，种管都由俺。大米白面三餐，早晚香甜。儿女灯下话桑麻，怡悦人间，胜似神仙。

② 20世纪80年代初，东方歌舞团歌手朱明瑛唱过河北民歌《回娘家》：……身穿大红袄，头戴一只花，胭脂和香粉脸上擦。左手一只鸡，右手一只鸭，身上还背了一个胖娃娃。一片乌云来，一阵风儿刮，……飞了一只鸡，跑了一只鸭，吓坏了背上的小娃娃，怎么去见我的妈！

③ 1986年国务院批准以科技兴农为目标的“星火计划”在全国实施。养殖产业化是星火计划重点项目，旨在大幅度提高肉、蛋、水产和奶制品的工业化生产能力。到2010年，星火计划培育乡镇企业2 000万个，示范项目10万个，吸收农民职工1.25亿人。全国人均肉类供应从20千克 / 年（1989）提高到59千克 / 年（2010），水产养殖业大发展，全国人均供应从10千克 / 年提升到40千克 / 年。

乡　愁

（1991）

世事倥偬碌半生，无暇省亲慰乡愁。
祖赋热血逐风雨，海岬内外翔新鸥。
湾内尚存儿时水，人间得道享福佑。
漫游世界五大洲，何处胜媲天尽头？

笑看童伴鬓发白，丰衣足食乐小康。
犹记幼年食糠菜，今羡人人飨细粮。
彼时青少多文盲，今见中学遍城乡。
明朝胶东谁怜我，老夫终生恋梓桑。

科宗敩后人

（1994）

科宗学海竖塔灯，
高风懋德敩后人。
宇宙人间情万缕，
犹见殷殷一片心。

注：喜闻杨振宁先生出任中国科技大学名誉校长。

作者与杨振宁先生交谈（2001，清华大学）

珍惜机遇

（1994）

青少将入世，洪潮乘东风。
激流挟嫩枝，支流载浮萍。
中流奋击水，逐浪争先锋。
滞泊湾渚畔，沃土育梁栋。
江河偶潆洄，湍流时发生。
机遇不常有，抓住不放松。

能在事业中做出成绩，勤奋和机遇缺一不可。关于勤奋的重要性，从“学而不厌，自强自坚”“业精于勤，荒于嬉”等千年古训，到现代科学家们的“聪明寓于勤奋”“勤能补拙”等宏论，都少有异议。对机遇是否重要则时有争论。南宋陆放翁风华正茂时主张：机会无时不有，只要努力就能成功。历尽山河破碎和人生坎坷后，他晚年改变了看法，写下“不如意事常千万，空想先锋宿渭桥”的感慨。18 世纪末法国大革命后，出现了“机会主义”一词，泛贬随机应变、投机取巧之徒。从此，忌讳讲机遇的人就多了起来。然而，历史总在反复证明，国家的兴旺，事业的成功，人生的成就，莫不需要机会。天时地利不常有，良机难得，稍纵即逝。杨振宁先生最近归纳说：“一个人不管做什么，要成功，总得有机会。”下面记述的故事片断，都是与机遇有关。

“九一八”事变岁杪，我出生于黄海之滨的一个穷乡僻壤。全村世代无鸿儒，户户近白丁。连年旱灾，饥寒交迫，以杨、柳、槐、榆皮叶充饥。日寇入侵，人民起义，天下大乱。我常听到的话是：“鬼子来了！”这是大人们吓唬孩子的魔语。就在这兵荒马乱的年代，有一位张绍江老师，坚持在这穷村办小学，使我们几十个幼童得以念完小学四年。现在回想，倘如在战乱中张老师走了，我们全会成为文盲。

1937年卢沟桥事变后，日寇入侵华北、山东，胶东各县城镇相继沦陷。日军烧杀抢掳，民不聊生。兵荒马乱之际，小学停课，我们都无书可读了。理琪、林一山等共产党人发起了天福山起义，成立了山东抗日第三军，建立了敌后根据地。浴血抗战之时，他们不忍塞儿童们一隙之明，让孩子们继续受教育，责令各地建立完（全）小（学），即小学五六年级和几个战时中学。柳暗花明又一村！我们又得到机会念完小学五六年级。我于1944年考入文（登）荣（成）威（海）联合中学。日军扫荡，天天逃难，中学无住所、无教室，全然是一支“孩子游击队”。学枪、学炮，还似懂非懂地学了“抗日游击战”之类高深课程。1945年抗战到了最后阶段。八路军需要知识分子，故解散联中，鼓励从军。我这个初中一年级尚未念完的“小知识分子”被分配到八路军东海军分区当护士。日本投降前夕，又逢精兵简政，一批十三四岁的“小八路”被精减了，派往刚从日军手中收复的威海市，进威海第一中学续读。1946年春，风云又变，国民党发动内战，同学们又纷纷从军。时年五月，我 14 岁，成为八路军的一名勤务兵。有幸遇到了一位可敬首长，威海市市长兼卫戍区司令员于洲（1904—1979）。他是山东著名教育家，20 世纪 30 年代进北平师范学习。回山东后办师范学校并任校长。抗战爆发，他成了胶东抗战领导人之一。我爱读书，值勤之余，读了不少威海市图书馆当时所藏图书。出于职业爱心，他鼓励我勤奋学习，批改日记，纠正词句，教导我成为一名为人民利益献身的战士。1948 年，他奉调南下前未忘嘱下属照料、安排我的学习和工作。于洲是我一生中第二位启蒙老师。

文荣威联中同学与于洲同志（右二）1957 年合影于北京

左一杜永进（人大新闻系学生），左二宋健（莫斯科留学），右一刘昌东（人大新闻系学生，1930—1981）

1948年秋，淮海战役前夕，我被辗转调到华东工矿部工业干部学校学习。这是为接管大城市培训干部新成立的一所中等学校（今济南大学和山东科技大学前身），设在刚解放的博山市。我们从初等数理化开始学起。第一堂课便激起我无尽兴致，似饥餐渴饮，课后余音袅袅，如醉如痴。解放战争胜利，中华人民共和国成立，要加速结业。1950年秋，同学们纷纷奔赴济南、上海等接管了的大城市。我们十几个人报名参加志愿军，去抗美援朝前线。教育长刘辛人、班主任刘孟栋等命令我："你哪儿也别去，组织决定保送你去哈尔滨工业大学继续学习。你学习不错，才18岁，念完大学能承担更重要任务。"二刘都是上海高级知识分子出身的新四军干部。是他们，在时代的大潮中，送我上了科技航船。

2002年作者看望刘辛人（中），左一为时任山东省政协副主席刘殿奎

1961 年摄于北京

前排：刘孟栋老师及夫人王辉，后排：原华东工业学校学生钟培成（左）、宋健（中）、李树江（右）

1951 年春，我遵命只身从山东去哈尔滨，不情愿地走进哈工大，孤雏离群，不胜惆怅。哈工大当时用俄语授课，经考试，俄语课交白卷。学校认为学历不够，命我进预科。我急忙抗争："'组织'要我念大学，而不是预科。"校领导勉强同意我进大学一年级试读。深知面临严峻的考验，我决意不惜代价，昼夜奋战，学习俄语，补习课程。1952 年以优秀成绩读完大学一年级，并顺利通过了留苏考试。

1953 年，我进入莫斯科鲍曼高等工学院炮兵系二年级。这是曾造就过苏俄数代科技英才的学府。苏航空巨擘图波列夫、航天之父柯罗略夫（S. Korolev）、数学家车彼谢夫（P. Chebyshev）、力学家茹科夫斯基（N. Rukovski），任过苏共第一书记的赫鲁晓夫，以及斯大林夫人阿鲁里也娃，都曾在该校任教或是该校毕业生。我遵命学炮兵，却爱好数学、力学等基础科学。从四年级起，我私下考入莫斯科大学数学力学系夜校，昼夜分读于两个大学。在莫斯科大学倾听过微分方程、几何、代数等课程，引起我对数学的兴趣。美丽的体系结构，严密的逻辑推理，广泛的定理涵盖，杳渺无际，不尽山色。1960 年，我同时毕业于莫斯科大学数学力学系夜校和鲍曼高工研究生院。

1957 年秋，我炮兵系教研室送我到苏著名科学家费德包姆（A. Feldbaum）教授处做毕业论文，半年后完成了三维空间最优控制系统设计和试验。论文发表后，受到苏联和各国科学家们的鼓励，这增强了我的信心。进研究院后，我仍然留在费的试验室，继续学习控制论，一年后基本完成了“最优控制场论”的研究。

天有不测风云。完成副博士学位时，中苏开始论战，两国关系恶化。赫鲁晓夫背信弃义，撤回苏联援华专家，中国上百个发展项目陷于困境，对留苏学生采取限制措施。人们义愤填膺。我谢绝了数位老师要我再留数月、完成博士学位的建议，立即整装回国，被分配到国防部第五研究院，忝列钱学森先生麾下，参加发展中国的导弹、航天事业。三十年河东又河西，20 世纪 80 年代末，苏共总书记戈尔巴乔夫访华，恢复了中苏关系。1990 年 11 月，我以国务委员兼国家科委主任身份应邀率团访苏，顺便回母校，接受了由苏最高学位委员会签发的博士学位证书（DT. NO. 004412）。他们申明，这是补历史上的阙失。报章发消息后，一位美国教授来信祝贺，说这叫“飞去归来器”。这可能是苏联政府颁发的最后一批最高学位证书，一年后的1991年12月，苏联即不复存在。

控制论这门学科的命名，源于美国数学家维纳（Norbert Wiener，1894—1964）于1948年发表的《控制论——动物和机器中的通讯和控制》一书。苏联哲学界曾率先对控制论发起毁灭性攻击，斥之为“帝国主义战争贩子的哲学帮凶”。1954年，钱学森在美国出版了《工程控制论》并立即被译成俄文，主编正是我的老师费德包姆。此前，我也曾在苏联做过演讲，为“控制论”在苏的遭遇鸣不平。因钱书有“工程”二字，批判家们望而生畏，不敢进逼，从而为控制论在苏联恢复名誉创造了条件。不久，苏《百科全书》第二版对“控制论”条目做了180度的修改，从严厉批判改为全面肯定。可以说，钱著的出版扭转了一个学科在苏联的命运。1978年，在芬兰举行的国际自动控制联合会（IFAC）第六届大会上，我见到各国很多学者，均对钱著的历史性贡献做出极高的评价，说钱的书：“开创了一个新的时代，他的序言简直是一首诗歌！”20世纪60年代，我受钱先生委托，主持编写此书的第二版，以补充1954年以后该学科的最新进展。将近完成时，“文化大革命”开始。又过15年，《工程控制论》第二版才得以于 1980 年问世。

1961 年，钱学森感到控制论科学的重要，倡议在中科院数学所建立控制论研究室，得到了科学院领导的支持，命我协助华罗庚、关肇直先生筹建该研究室，并委任我兼任室副主任。不久，该室就初具规模，开展了最优控制、非线性控制、随机控制等领域的研究工作。在这里，我和韩京清同志合作，完成了线性最优控制系统综合的理论研究。

1963 年，国际自动控制联合会第二届代表大会在瑞士巴塞尔举行。中国是该联合会的发起国之一，钱学森曾任第一届理事会理事。第一次成立大会曾于 1960 年在莫斯科举行，中国派以中科院自动化所领导人武汝杨为团长的大型代表团与会。我有幸“就地”成为代表团成员。记得那是一次盛会，除钱学森外，众多控制论奠基学者齐聚一堂，庆祝这门科学的辉煌胜利。控制论奠基人维纳也来了，受到英雄般接待。他已近耳顺之年精力已弱，听别人报告时，鼾声大作。数分钟后，他上台发表评论，顾左右而言他。会议休息时，他又精神大振，来到中国代表团，用汉语向我们说：“我喜欢中国。1935 年，我曾在清华大学授课。很高兴见到中国学者。”言毕，不计反应如何，转身扬长而去，不知所往。

1963 年，在瑞士巴塞尔召开国际自动控制联合会第二次代表大会。中国自动化学会推荐报送的韩京清和我的《线性最优控制系统综合理论》论文，未被录取，引起中国老一代科学家们的愤慨，疑是有人利用美苏彼时共同反华的形势，在评审论文时做了手脚。中国派以科学院自动化所所长吕强为团长、清华大学自动化系主任钟仕模为副团长的大型代表团去瑞士开会，命我背负论文 120 份，印上“曾投稿”字样，去“揭露”某些人的违犯科学道德的行为。代表团到达瑞士后，很快便查清事实果如所料。在钟仕模教授的指挥下，我相机在大会上做了发言。主持会议的主席是美国霍普金斯（A. Hopkins）教授。他不知内幕，觉得我的发言不是针对前报告的评论，于是出面干涉，听众哗然，顿时会场大乱，会议无法按程序进行下去。为了不影响会议的进行，钟仕模教授示意我随他退出会场。钟先生是美国麻省理工学院博士，霍普金斯教授认识他。后者慌忙走下主席台，找钟先生交涉道歉。钟谴责道：“这种做法，令人不解，这哪里是做学问？”我速随钟走出会场，如释重担。然数百名各国科学家穷追不舍，霎时间将 120 份论文抢夺一空。窘境既过，晚上我放心睡了一觉。哪知，第二天清晨，会议大厅挂出一份大字公告：“今天早上 9 点，在会议大厅召开特别大会，邀请中国宋健教授作特邀报告，请大家参加。”西方的科学家也造反了！消息传到中国代表团，都觉得难办。代表团研究认为“凡是敌人拥护的，我们就要反对；凡是敌人反对的，我们就要拥护”，决定抵制报告会，不予理会。团长派人去观察，看怎么收场。后来得知，聚集在会议厅中的数百名科学家久等不见报告人踪影，便通过了一个决议，谴责某些人违犯科学道德的行为，申明这是篇优秀论文，对当代控制系统的综合理论做出了重要贡献，要求国际自动控制联合会理事会纠正错误，将该论文纳入会议文集，予以刊出。后来国际自动控制联合会理事会采纳了他们的最后一条意见。这大概是 20 世纪 60 年代东西方科学界的“协同造反”获得成功的绝无仅有的一例。20 年后，中国实行改革开放，我应邀去西方各国访问讲学，到处都遇到巴塞尔事件的参加者，他们都已是著名研究机构和大学中控制论学科的领导人，都笑谈那次“遭遇战”的余兴，成为后来学术交流合作的新契机。

巴塞尔事件后，会上许多西方科学家来找我，或索要论文，或约求合作，交换资料。在闭幕招待会上，美国加州伯克利大学的诺伊施塔特（L. Neustadt）教授携夫人要与我干杯。纽约州立大学张守廉教授（抗战时期西南联大的“三剑客”—— 杨振宁、黄昆、张守廉 —— 之一）、麻省理工学院的拉萨尔（La Salle J. P.）教授等都到代表团驻地表示支持和慰问。这些都成了“文化大革命”时期指控我“里通外国”的证据。“批判”“审查”“告状”“抄家”，我为此付出了沉重的代价。1968 年，“文化大革命”升级，“武斗”频起，我家被抄。以阎揆要将军为首的军管会遵照周总理指示，采取断然措施，集中保护一批科学家，以防意外，我被列入被保护名单。经军委批准，军管会送我到国防科工委第二十试验基地“出差”。在部队首长的关怀下，我得以在酒泉基地从容度过一年多时光。那里有一个藏书很多的图书馆。我抓住机会，发奋苦读，补学天文学、宇航原理、超高音速空气动力学、原子物理、分子光谱学等理论。强颜于学，才得以慰藉离别孤独之苦。若夫概断“文化大革命”全损无益，也未必。太史公早有议论：《春秋》《离骚》《国语》《兵法》《诗》三百篇大抵为发奋之所作。这一年多的逃难，我收获甚丰。特别是天文和原子、分子物理，对我以后的工作和科研产生了极其重要的影响。

1969 年秋，我奉海军副司令兼七机部军管会副主任杨国宇将军之命返京，恢复了工作，任七机部二院生产组副组长，得以为祖国的航天事业继续效劳。1976 年周恩来总理去世时，我泪流满面，惶惶然不知所依，肠一日而九回，居则忽忽若有所亡，全家伫立于八宝山下，敬送总理归去。忆及 1971 年情景总理在人民大会堂主持会议，深夜听取反导弹第一次试验前汇报。他问及导弹试验状态和我的出身经历及其他，亲切勉励之言萦绕于怀，终生不能忘。

1977 年“文化大革命”结束，中国科技界如噩梦初醒，未及揩干血迹，治好创伤，我又开始研究和呼号国家大事了。我忧国忧民，恃理忘罚，本性难易。“三年自然灾害”，人口锐减，记忆犹新。然而，十多年中国人口暴增，从 1964 年的 7 亿增加到 1976 年的 9.4 亿，年平均自然增长率达到 2.5%，这引起了科学界的恐惧。人们忆起马寅初先生（1881—1982）50 年代仗义执言，发表“新人口论”，倡议控制人口增长，以求与经济协调发展。然而，他得到的是全国“大批判”，受到极不公正的待遇。经受了一年多狂风暴雨式毁灭性批判，马寅初先生仍坚持战斗，于1959年11月公开发表一则声明云：“我虽年近八十，明知寡不敌众，自当单身匹马，出来应战，直至战死为止，决不向专以力压服不以理说服的那种批判者投降。”声明中唯一表示歉意的一段是，“最后，我还要对另一位好朋友表示感忱，并道歉意。我在重庆受难的时候他千方百计来营救；我1949年自香港北上参政，也是应他电召而来。这些都使我感激不尽，如今还牢记在心。但是，这次遇到了学术问题，我没有接受他真心诚意的劝告，心中万分不愉快。因为我对我的理论相当有把握，不能不坚持，学术的尊严不能不维护，只得拒绝检讨。希望我的这位朋友仍然虚怀若谷，不要把我的拒绝检讨视同抗命则幸甚。”1982年，百岁老人马寅初逝世时，中央发悼词曰：“在委屈和痛苦中，他不慑权威，不顾名利，孤军作战，创一代新风，为学人创光辉榜样。”

受激于马寅初先生的风范，面对令人忧虑的中国人口，我邀约于景元、李广元等，应用控制论的理论和方法开始研究人口控制问题。熟习人口学历史，搜集中国人口资料和数据，建立数学模型和选择控制方案等工作，费时一年多。1978年，我随杨嘉墀先生去芬兰参加国际自控联第七届大会，顺访荷兰，在屯特大学（Tweenty Univ.）遇到奥勒斯德教授（G. Olsder），见他们也在用控制论方法研究人口问题。万里之外，钟期相遇，不胜欣喜。回国后，我们认真研究人口动力学达三年之久，完成了人口控制中一个关键定理的证明：对每一个国家和民族，存在一个双向临界总和生育率（即平均每个妇女生育数），并找到了它的计算公式。超过这个极限，人口将增长下去。中国 20 世纪 80 年代初的临界值是 2.16。反之，低于此临界值时，人口将逐步下降。这一结果公布后，各国人口学界都表示赞同，不少数学家和控制论科学家按此方法扩展研究，逐步形成了人口控制论这个新学科。这段经历表明，一个民族的命运，一位前辈学者的遭遇，一次国际学术交流都可能成为启动科学研究工作的契机。

半生经历使我深信，机遇难得，须抓住不放，才能做出成绩。1986 年，我受命出任国务委员兼国家科委主任，惶惶不可终日。我深知，如果别人受命于此岗位，可能比我做得更好。但是，我绝不轻易放过这个机会。我要竭尽绵薄，为振兴中华，为人民得享科技之惠，为学者能为国尽才，鞠躬尽瘁，贡献出我的智慧、心血和生命。

遂以“珍惜机遇”为题，草记经历片断，略陈固陋。知我罪我，听之诸公。

沁园春 · 科技兴邦

（1992）

华夏文明，太古初萌，元古列疆。溯三十亿载，代纪成章。五台秦岭，陆海沧桑。燕山幕终，珠峰突起，俯挽东西襟八荒。究新世，启蓝田周口，元谋郧阳。

炎黄始祖发祥，索岁月五千照九苍。创农耕织造，磁针火药，诗书纸印，算术九章。欣立共和，一星两弹，敢与诸雄论短长。看明日，约吾侪励进，科技兴邦！

发表于 1992 年 3 月 4 日《人民日报》

附：何继善院士书法作品

沁园春·科技兴邦

注：该词作发表于 1992 年。作者后来作了修改，故词作与书法作品存在些许差异，特此说明。

木兰花慢·咏科教兴国

（1995）

扉乍起凝眸。懊柯烂，怅梦悠。忆千载闭幽，百年屈辱，悲啸难收。公车书，辛亥吼，革命再少神州巨叟。民主共和伟业，改革开放圣谋。

桃源人满燕不留，贫困撩心愁。察百域盛缘，科学致富，万邦风流。高科技，笃教育，科教兴国，芳菲琼楼。有信苍穹无恙，云何不得丰酬？

发表于 1995 年 7 月 4 日《人民日报》

26 年后，当年受邀参加第一次中国科技体制改革座谈会（1985）的美籍华裔科学家左天觉先生发来贺词，敬录于后。

从容论科技

（2011）

左天觉

从容论科技，
不让谭浏阳。
八秩庆嵩寿，
山高水更长。

第一次科技体制改革会前（1985），宋健先生邀请海内外学者数人在京交换意见。成功是福，失败他将为谭嗣同第二。我为参加人之一，印象极深。至君寿辰，记此为贺。

左天觉　谨具

2011 年 12 月 24 日于美京　草溪居

附：何继善院士书法作品

木兰花慢·咏科教兴国

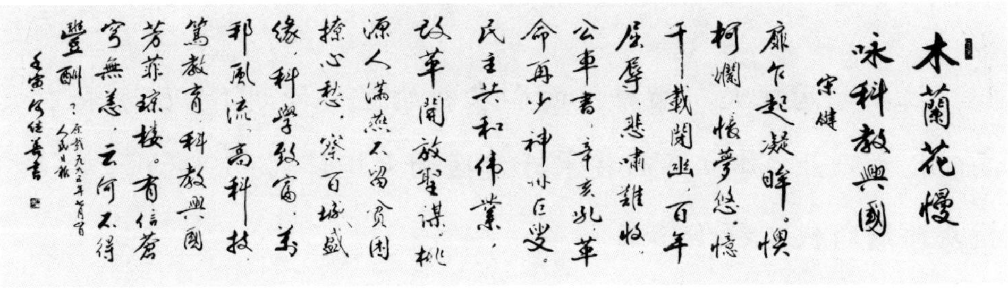

两把火

（1998）

科技涛涌催乡郭，
归舟重载耐风波。
科教兴国漫燎原，
一代工程两把火。

注：“两把火”指科技面向农村的星火计划（1986）和发展高新技术产业，建立高新技术开发区的火炬计划（1988）。“一代”指夏商周断代工程（1995）。

附：

河南来信支持星火计划

（1990）

自古圣贤德于民，千秋功业仰贤人。
思念陈州放粮事，星火一曲子孙吟。

听惊雷

（2020）

天籁低回处，频频听惊雷。
中科放“曙光”，联想出“深腾”。
长沙渡“天河”，太湖显“神威”。
超算过拍它，全球据巅魁。①

忆及数年前，租用“360”，②
外警守机房，不准国人见。
提醒租界园，华人狗莫进。
同俦幽怨愤，无奈何以堪。

两弹一星后，肇始“863”，③
攻克高科技，应对酋垄断。
“火炬”伴君行，大办科技园。④
孵化新产业，批产高精尖。

航母、大飞机，英雄飞航天，
通讯超西域，超算屡夺冠。
三峡殊世界，高铁胜西人。

讵料后来者，奋发能争先。

长征在路上，强国须登攀，
迎接新挑战，壮士不言难。
封堵终无效，创新能克关。
请稽三秩后，科技雄江山。

注：

① 1983 年国防科技大学（长沙）研制成功银河系列巨型计算机，运算速度超过每秒亿次（10^8 flops）浮点运算。接续开发了天河序列。2014 年推出天 -2 超算机，运算速度达到 33.8 Pflops[1Pflops= 每秒千万次浮点运算。1P(Peta)=10^{15}，称为拍它]，连续 4 年被评为世界第一。中科院计算所和联想集团制成曙光和深腾系列超算机，速度达到千万亿次（1.1 Pflops，2004）。2017 年，无锡研究中心推出太湖之光 - 神威超算机（93 Pflops），被评为世界之巅，天河 -2 位居第二，均超过美国、日本和欧盟。上述国产超算机都实现了批量生产。

② 20 世纪 80 年代，中国石油部地质局高价租用每秒百万次的 IBM-360，处理地质勘探数据。

③ 1986 年，中央采纳王大珩、陈芳允、王淦昌、杨嘉墀等 4 位科学家的建议，设立并实施高科技研发计划，称为 863 计划。

由国家科委组织实施，历时25年。参与科研机构1 000个，科技人员13万。财政投资共700亿。在航空、航天、电子通讯、先进制造、农业、新能源、新材料、交通运输等领域都取得了突破性进展，全面催生了高技术战略产业。

④ 1988年，国务院批准实施火炬计划，全国大城市设立高新科技产业园，实现高精尖技术产业化。至2020年，全国建立高新技术产业开发区（高新区）169个，新建高新技术企业11.6万个，从业人员2 656万，半数以上有大专学历。年贡献国内生产总值（GDP）12.2万亿元，年出口高技术产品4.1万亿元，占全国的41.7%。年交税收1.9万亿。研究开发投入8 257亿元，占全国的50%。

附：何继善院士书法作品

听惊雷

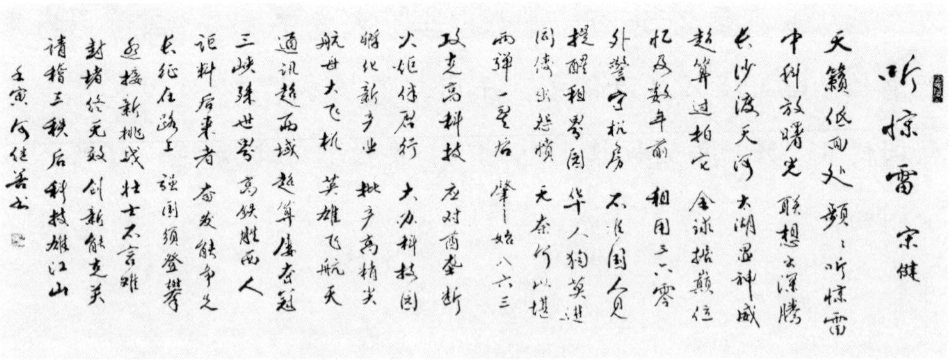

工程技术百年颂

20 世纪的科学技术以怒涛澎湃之势突飞猛进。人类知识宝库中，有 80% 的科学发现、技术发明和工程建设是 20 世纪的科学家和工程师们创造的。大量新知识、新发明争奇斗巧，以迅雷不及掩耳之势涌入人间，入主社会生活，在每一角落留下深远印记。依傍新知识，工程师们创建了人类历史上从未有过的工程和机械，普惠天下，彻底改变了人们的生产和生活方式，提高了人们创造财富的能力，改善了人们的生活质量，延长了人们的平均寿命。在漫长的人类历史中，20 世纪才真正出现重大转折，进入了不可逆转的现代物质文明社会。

翻阅 1900 年前后的报章、史书或年鉴，可了悟 19 世纪的社会生活。20 世纪的科学与工程技术成就，超过了 19 世纪人们最大胆的想象。

自从人类出现在这个世界上，图生存始终是第一要务，一代接一代地、艰难地为衣食住行而挣扎，与饥荒、寒冷、疾病抗争。20 世纪以前，农业极大地依赖气候和自然条件。曾以土豆为主食的爱尔兰人，1845年因枯萎病发作发生大饥荒，饿死100多万人，逃荒出走100余万人。19世纪和20世纪初，中国发生过多次大饥荒，流传“饿殍遍野”一词以警后人。

20世纪以来，现代科学技术全面进军农业。大规模的水利工程建设增强了农业抗干旱、水灾的能力。19世纪，人们发现了植物生长需要养分（1840），而大规模工业生产化肥（1909—1919）、杀虫剂（1938—1942）、除草剂（1944）等全然是20世纪工程技术的创造。作物选育工程优化了品种（1930）。根据植物杂交优势的原理（1866），开始了小麦（1900）、玉米（1917）、高粱（1950）、水稻（1960）等作物的杂交研究，提高了抗病性能和产量。工程师们为农业设计制造了千百种机动农牧业机械，拖拉机（1907）、联合收割机（1915）、打谷机（1943）、打捆机（1940）、转动浇水机（1948）、机械摘棉机（1949）、挤奶机（1940）和各种畜牧机械、加工设备，成倍地提高了农牧业劳动生产率，节省了大量人力去发展工业和服务业。世界人口从16亿（1900）增长到60亿（2000），农业保障了世界食品安全，这主要是工程技术的功劳。

石油化工的兴起是20世纪化学工程技术的杰出贡献。由于物理学和有机化学的进步，工程师们发明了人造丝（1903）、人造棉（1912），掌握了蒸馏和裂解石油技术（1913—1936），制造塑料（1909—1918）、化学纤维（1912）、尼龙（1940）和人造橡胶（1930）。现在，塑料和人造纤维成为人类衣、食、住、行，工业、农业和服务业须臾不能离开的材料。

电力网的设计和建设是20世纪的伟大工程创举。电动力学（1865）、发电机和电动机（1860）都是19世纪发明的。但是，大型发电站（1920）是20世纪才动工建设的。电力照亮了城市和乡村，为社会工业化、电气化提供了灵活方便的强大动力。无线电报（1901）、广播电台（1920）、电视（1926）、雷达（1935）、半导体（1915）、晶体管（1948）、电子计算机（1946）、录像机（1956）、集成电路（1959）、激光器（1960）、计算机辅助成像（1972）、个人计算机（1975）、互联网络（1969）等都是工程技术在电动力学（1733—1865）和量子力学（1889—1929）指导下的发明创造，引发了新的技术革命，把人类社会送进了崭新的智能信息时代。

20世纪初，汽车、火车尚未普及，绝大多数人一生的活动范围只有数百公里，禁锢在出生地，使“原籍”二字至今不得摆脱。汽车的工业化生产（1908）、高速公路的建设（1940）、铁路成网、列车高速化（1960）等，扩大了人们生产、生活的空间和商品流通范围。工程师们发明了飞机（1903）、直升机（1939）、超音速客机（1947），开通了洲际航线（1939），大批量生产大型客机（1950—1960），使航线遍布全球，一天之内你可到达地球上的任何城市。到20世纪末，全世界民航客机总数已近2万架，年运送旅客16.4亿人次。

医药卫生的重大突破主要发生在20世纪。抗生素（1928）、磺胺（1932）、胰岛素（1921）、维生素（1928）、脊髓灰质炎疫苗（1952—1957）、青蒿素（1970）等新药的发现和批量生产拯救了千百万人的生命，20世纪70年代消灭了天花，这都是化学家和医药工程师的功德。心电图（1903）、脑电图（1929）、人工肺（1927，1953）、人工肾（1945）、人工心脏瓣膜（1950）、肾移植（1954）、心脏起搏器（1957）、断层造影（1973）、人工心脏（1982）、隐形眼镜（1985）等的设计制造和运行，为疾病的诊断、治疗和提高病人的生活质量提供了日益可靠的工程技术保障。人均期望寿命已从20世纪初的三四十岁提高到70岁以上。

发现应用核能和空间技术是20世纪人类最辉煌的成就。原子能、火箭、航天的基础理论，量子力学（1889—1929）、相对论（1905—1915）、铀原子裂变（1935—1938）、火箭动力学（1895—1950）都是20世纪初发现和建立的。原子弹（1945）、氢弹（1952）、核反应堆（1942）、核动力潜艇（1954）、原子能发电（1951—1957）；火箭（1915—1942）、卫星（1957）、人类进入太空（1961）、宇航员登月（1969）、航天飞机升空（1981）、飞船落金星（1982）、机器人登火星（1997），都是科学和工程技术最高意义上的丰功伟绩。

人类世代凝视茫茫天空，不知星辰其然和所以然。庄子（约前369—约前286）惶惑：“天其远乎，地其处乎？日月其争于所乎？”屈原（约前340—前278）问天：“日月安属？列星安陈？”“夜光何德，死则又育？”苏东坡（1037—1101）把酒问月，天上今昔何年？“又恐琼楼玉宇，高处不胜寒！”辛稼轩（1140—1207）质疑：“可怜今夕月，向何处、去悠悠？是别有人间，那边才见，光影东头？”“飞镜无根谁系？姮娥不嫁谁留？”20世纪中叶，1969年7月到1972年12月，阿波罗飞船把18人先后送上了月球，累计在月面考察了600多个小时，一举结束了人类对月亮的疑惑和梦幻。20世纪以前，天文学家们并不确切地知道太阳光热来自何处，星辰为何闪耀。原子弹、氢弹的爆炸成功无懈地证明了包括太阳在内的一切恒星的光和热都是由氢原子的聚变反应放出的。高能粒子加速器和粒子检测器工程的建设（1958）和运行，使物理学家有可能研究和发现一系列亚原子粒子，证明了质子、中子等不是“基本粒子”，而是由6种夸克构成的，并证明了还有更细微的结构。雷达工程为发现各向同性的宇宙微波背景辐射提供了关键的工具（1965），为宇宙起源于“大爆炸”假说提供了证据。

20世纪的科技狂涛证明了这样一个事实：科学是指导工程技术和引导人类文明进步的知识源泉，而工程技术是推动社会经济增长和物质文明进步的主发动机，也为科学探索提供了新工具、开辟了新途径。

蒸汽机启动了18世纪第一次产业革命以后，19世纪末到20世纪上半叶，电机和化工又引发了第二次产业革命，使人类进入了电气化、原子能和航空航天时代，极大地提高了社会生产力和人们的生活质量，缩小了国家、地区和人与人之间的空间和时间距离，地球真的变成了一个“村庄”。20世纪下半叶，如火如荼的信息技术引发的第三次产业革命，使社会生产和消费从工业化向自动化、智能化时代转变，生产力又一次大提高，劳动生产率再次大飞跃。人类社会的三次产业革命中，有两次发生和发育于20世纪。这将永远载入人类文明进步的史册。

20世纪，中国的工程科技人员为自己的祖国做出了历史性贡献。从20世纪初中国人自己建设的京张铁路、玉门油矿，到30年代的钱塘大桥，到60年代的大庆油田、南京长江大桥、“两弹一星”，80年代的杂交水稻等伟大成就，它们都为中国的工业化和现代化建设拉开了序幕。中国得以建成独立完整的工业体系，凝聚了数代科学家和工程师们的心血和智慧。20世纪80年代改革开放以后，中国的工程技术人员如沐春风，展臂迎接这高山流水时代的到来，为祖国的富强、人民的福祉，奉献了他们的聪明才智，为20多年的经济高速发展和社会进步做出了关键性贡献。21世纪伊始，人们看到我们祖国的科技、工业、农业、商业、交通运输等各行各业飞速发展，综合国力日益增强，人民的生活质量和健康水平不断提高，中华大地正在经历着翻天覆地的变化。我国的科学和工程技术事业都进入了空前繁荣的新时期。

回顾百年巨变，对理解科学和工程技术的历史地位和作用是极为重要的。科学是向人间宣示真理的女神，她回答的问题是“为什么”，工程技术的使命则是根据科学原理改造自然和建设新社会，告诉你“应该怎么做”。铁路横贯、大桥飞架、筑坝治水、航空航天、卫星通讯、汽车轮船、千百万种机械、自动化生产线、电视、电话、机器人以至自动洗衣机、微波炉、空调器等家用电器，都是工程技术的杰作。现代社会中，人们所能享受的物质文明主要是由工程技术创造的。所以，“工程师是新生产力的重要创造者，也是新兴产业的积极开拓者”（江泽民：《在国际工程科技大会上的讲话》，2000 年）。工程师的创造性劳动应当得到全社会的认知和尊敬。

21 世纪伊始，中国工程院组织了“二十世纪我国重大工程技术成就”的推选活动，得到了广大院士、中国科协所属的有关学会以及国务院有关部门的热烈响应和积极参与。经过推荐、筛选和评选委员会民主评选，选出了“两弹一星”等 25 个项目，作为20世纪我国重大工程技术成就的代表撷要成册，临鉴日月天地，告慰先驱故人，也为提高社会公众对工程技术重要性认知提供了一份比较准确的文件。

“两弹一星”排在第一位。1955—1956 年决定研制导弹、原子弹、氢弹和卫星，这是以毛泽东为核心的中共中央做出的具有伟大历史意义的决策。在科技落后、工业体系尚未建立、人才缺乏的建国之初，中国的科学家和工程师们仅用了15年的时间，就完成了导弹（1964）、原子弹（1964）、氢弹（1967）、卫星（1970）、核动力潜艇（1971）的研制任务。“两弹一星”的制造和试验成功，扫除了某些人在列强面前畏葸怯懦的心态，结束了100多年间关于中国能否自力更生发展现代工业和科学技术的争论。

排在第二、十二、十五和十六项的是汉字处理与印刷革命、电信工程、广播与电视、计算机。汉字激光照排系统使新闻出版业告别了铅与火的时代。已经成熟的汉字信息处理系统使汉语文化进入新的辉煌时代。光缆、数字程控交换机、移动电话等现代通讯设备全部能自己生产。1957年中国生产第一台黑白电视机以后，1999年生产了3 900万台彩电，中国已成为电视机和视盘播放机生产和出口第一大国。计算机设计制造和应用已接近世界先进水平，年产微型计算机3亿台（2015），中国成为能批量生产运算速度每秒千万亿次以上的巨型计算机和高档服务器（1999）的少数国家和地区之一。

石油、无机化工、稀有金属和先进材料列为第三、二十、二十二项。石油是现代工业、交通运输、衣食住行的主要能源和原材料，被誉为现代工业的“血液”和“黑色金子”。经过炼油、裂解和加工，人们用石油生产出从农用薄膜、化肥、塑料、人造纤维、药品、各种化学制品、轮胎到口香糖胶料，为工农业生产和人民生活提供了丰富又日益增多的宝贵材料。一座年产 8 万吨的合成橡胶厂相当于 145 万亩橡胶园的年产量。一座年产万吨合成纤维厂相当于 30 万亩棉田或 250 万头绵羊的棉毛产量。20 世纪下半叶，我国石化工业从零开始，逐步研究开发和建成各类大型工程，使人造纤维年产达到了 694 万吨（2000），合成塑料折合乙烯 470 万吨（2000），合成橡胶年产 73.28 万吨（1999）。石化技术和产品已大量出口，无机化工从弱到强。2000 年，化肥年产 3 186 万吨、纯碱 834 万吨、硫酸 2 365 万吨、水泥 6 亿吨，都是世界第一。稀土元素和稀有金属的性能丰富多彩，能制成光、电、磁、催化剂等具有多种特性的功能材料，广泛应用于电子、原子能、航空航天等前沿领域。中国是世界上稀土资源最丰富的国家，储量占全世界的 80%。中国的科学家、工程师们研究开发了全新的冶炼、分离、提纯、加工技术，建立了自己的产业工程，产量和技术在世界上都处于主导地位。

第四、十四、二十四项是农作物增产技术、畜禽水产养殖技术、轻工纺织。1949—1958 年，中国农业科技工作者为 41 种大田作物育成 5 600 多个新品系，1 000 多个果蔬新品种，主要农作物已普遍更换了 4—6 次。新化肥、农药年年足供，耕作、栽培技术岁岁进步，单产普遍提高 3—5 倍。人均粮食产量从 280 公斤（1952）提高到 406 公斤（1999）。1999 年人均占有肉 50 公斤、蛋 18 公斤、水产33公斤、水果50公斤，比1978年增长了5—15倍。轻纺工业日新月异，纺织品产量居世界之首，化纤年产量占世界总产量的24%。中国已成为食品、服装生产世界第一大国。仓廪充溢，服装过剩，自用不竭，已能掬手捧心地为美、俄、日本和欧洲人民的衣食尽礼仪之劳。斯情此景，数百年所未有。

第五、十一、二十一项是传染病防治、计划生育、外科诊疗。医学科学和医疗技术的飞速进步使中国人的平均期望寿命从34岁（1928—1933）提高到70岁（1997）。20世纪中国人口从4.26亿（1901）增长到12.7亿（2000），增长了3倍，引起了全国人民的忧惧。近20年计划生育工作成绩斐然，每位妇女平均生育子女数（总和生育率）已由2.86（1982）降到1.8（1999），小于临界生育率（2.1）。

第六项是电气化。中国第一个发电厂建在上海（1882）。到1949年，全国发电装机容量仅180万千瓦，人均用电8千瓦时。到2000年，装机容量达到3.2亿千瓦，年发电13 685亿千瓦时，人均1 094千瓦时。全国已形成12个区域电网，乡村农户通电率达98%以上。正在建设的100万千瓦以上的水力、火力和核电站有81座。世界上最大的三峡水利工程于2003年开始发电，2008年全部建成后26台机组总装机容量1 820万千瓦，年平均发电847亿千瓦时。全国电气化的时代正在到来。

大江大河治理、地质勘探和资源开发、城市化、采煤分别列于第七、十三、二十三、二十五项。20世纪，中国培养了一支强大的、世界一流的地质科学家和工程师队伍。他们经过100年的奋斗，把中国提升为仅次于美国的第二矿产大国。新发现了171种矿产，建立矿山26万多座。掌握了世界上最先进的探矿、采矿技术。预测出全国煤炭资源总量45 000亿吨（1992），保有探明可采储量6 000亿吨（1996），年产煤12亿吨（1999）。20世纪60年代，中国甩掉了“贫油国”的帽子，原油年产量从12万吨（1949）增加到1.63亿吨（2000）。地质矿产资源的勘探和开采保证了经济建设和社会生活的需求。

排在第八位的是铁路建设，公路建设排在第十七位。19世纪末到20世纪初，交通运输靠的是南船北马。从北京到武汉要走27天，到广州56天，到云南59天，到新疆要3个多月。20世纪下半叶建成了公路140万公里，其中高速公路已超过2万公里，仅次于美国，居世界第二。铁路干线建设始于19世纪末，高潮是20世纪。到2000年，铁道营业里程为6.8万公里，干线不断提速，年运旅客10.2亿人，货物16.6亿吨。机车、车辆、钢轨及通讯，各种装备全部自己制造并开始出口。

船舶设计制造排在第九项。1949年以前，中国河海航运主要靠买船。在以后的五十年内，工程师们设计制造了客货轮（1954）、15万吨以下的油船（1992—1996）、炮艇（1957）、护卫舰（1957）、潜艇（1965）、驱逐舰（1971）、核动力潜艇（1974）等各种船舶。

从张之洞建立中国第一个汉阳铁厂（1890）始，到 1949 年，铁最高年产量曾达到 178 万吨、钢 92 万吨（1942—1943）。中华人民共和国成立后，50 年中建立了年产钢 100 万吨以上的大型钢厂 36 家，年总产量 1.27 亿吨（2000）。中国已成为世界第一号钢铁大国。这是第十项。

排在第十八项的是机械制造业。20 世纪下半叶，建成了比较完备的机械装备制造业体系。万吨以上的各种压力机（1962—1971）、钢铁厂全套装备（1974）、水轮机（1981—1999）、30 万至 60 万千瓦发电机（1981—1988）、核电设备（1991）、矿山设备、石化成套装备等，我们都已具备设计、制造能力。

航空工业列为第十九项。20 世纪上半叶，中国航空工业还是空白。新中国建立了自己的航空工业设计体系，制造能力迅速提升，批量生产歼击机（1956）、轰炸机（1968）、运输机（1974）、直升机（1985）、加油机（1998）和大型客机（1980）。

站在新世纪的史乘驿畔，回溯以往，我们有理由为祖国 20 世纪取得的成就自豪。瞻望 21 世纪的宏伟目标，又觉得那好像是一个序幕，伟大的工业化、现代化建设的高潮还在后面。21 世纪，我们需要造就更强大的工程技术队伍，培育出胜于前代的工程师和各类工程技术人员，才能实现中国人民的夙愿，建成一个现代化的、强大和幸福文明的国家。这是国家的战略任务，也是人民的根本利益所在。

中国的工业化比欧美国家晚了200年。经过100多年的奋勇抗争以及付出痛苦的代价，我们明白了这个真理：一个没有强大科技和工程实力的国家，不可能屹立于世界民族之林。在迈入21世纪之际，我国的社会主义建设，各行各业的基础设施建设正在进入新的高潮，向第三步战略目标奋进。为建设强大的社会主义现代化国家，工程科技界肩负着光荣而艰巨的历史使命，任重道远。只要有更多的优秀青年立志献身于科学和工程技术的崇高事业，一代接一代地持续奋斗，一个现代化的中国必定指日可待。

现代科学与社会进步简史

人类在这个地球上生存和繁衍了数百万年，只有现代科学出现以后才进入现代文明社会，至今不到300年。与人类的历史比起来，人类享受现代文明的时间不过是一刹那，人类社会的这种质的飞跃完全地依赖于现代科学的发生、进步和应用。有了它们，人们才得以驾驭自然力，开发资源，创作新的劳动工具，从而实现体力劳动机械化、生产劳动工业化、脑力劳动自动化。

现代科学的发展历程可分为两个阶段：经典力学和量子力学。从18世纪的产业革命到20世纪上半叶实现机械化、工业化，主要靠的是经典力学。经典力学包括牛顿力学和电动力学。

一、经典力学的发生与发展

经典力学的发生和完成经历了300多年的历程，那是十多代成千上万的思想家、科学家、工程师们的智慧、经验和试验结果的抽象和结晶。几个重大的里程碑可简记如下。

（一）牛顿力学（三大定律）的形成经历了约140年的时间。

1543年，哥白尼（Copernicus，波兰）提出了太阳系为中心的《天体运行论》。

1619 年，开普勒（Kepler，德国）发现了行星轨道三定律。

1623—1638 年，伽利略（Galilei，意大利）发明了望远镜，用以观察天体运行规律，肯定了日心说，否定了托勒密地心说。托是希腊人，他的假设从二世纪始统治了 1 300 年。

1687 年，牛顿（Newton，英国）提出了力学三大定律，完成了经典力学的基本理论。

（二）电磁动力学（电动力学）的产生和完成经历了约 130 年。

1733 年，杜菲（Dufy，法国）发现电。

1750 年，富兰克林（Franklin，美国）提出了电流说。

1785 年，库仑（Coulomb，法国）阐明了电和磁的关系。

1800 年，伏打（Volta，意大利）提出了关于电池的理论。

1823 年，法拉第（Farady，法国）提出了电动力学模型。

1831 年，发现了电磁感应电流。

1827 年，欧姆（Ohm，德国）建立了欧姆定律。

1865 年，麦克斯韦（Maxwell，英国）建立了完整的电磁动力学方程。

二、经典力学与社会生产工业化

从 18 世纪下半叶的产业革命到 20 世纪的社会生产劳动机械化、工业化的全部进程，是在经典力学的指导下完成的。没有经典力学，就不会有工业化。把牛顿力学应用到固体材料和机械制造，工程师们才学会了如何设计制造各种大、中、小型机械工具。牛顿力学派生了流体力学、热力学（或叫热工学），引导工程师们发明、设计和制造了各种动力机械，包括水力机械、蒸汽机、内燃机、喷气机、火箭发动机等，用以推动汽车、拖拉机、火车、飞机、轮船、火箭等，创造了比人力、畜力大几十万倍的动力，为人类服务。电磁动力学（电动力学）的发现和发展使人类学会了用电，制造了大、中、小型的发电机和电动机，电力网覆盖全世界，为人类照明、家务、通讯、生产提供了极为方便和用之不竭的电力。机械代替了一切可能的体力劳动，工业化生产替代了数千年的手工劳动，成百上千倍地提高了劳动生产率。

化学科学最早是从物理学中分离出来的，后来开始了独立的发展和进步。至今仍有不少科学家认为化学仍属物理学的一部分。但是，化学科学的发现和独立发展对人类社会的进步产生了巨大的基础作用。它为生物学、农业、食品工业、医药、化工的发展提供了坚实的科学理论和方法。

在经典力学和化学的影响下，相当独立地发展起来的地质学是一门特别重要的基础科学，它科学地证明了地层的形成年代、特征、矿床的形成机理，创造了探矿和采矿技术。因此，人类得以享用埋藏很深的煤炭、石油、天然气、铀等能源矿产和各种金属及非金属矿藏。地质学教会了人们识别、寻找和开采各种自然资源，将它们冶炼成材料、制造成产品，为人类现代文明提供了物质保障。

三、量子力学的产生和发展

19 世纪末试验物理发现的众多微观物理现象不能用经典力学去解释。例如，经试验测定，电子、原子、光的很多物理性质甚至与经典力学理论相矛盾。因此，必须创立新的理论去解释微观物理现象。量子力学最初是研究光子、电子、原子、分子等微观现象的基础数学物理理论，广泛成功地解释了光学、物理、化学、固体、气体、激光、半导体等领域内的微观现象，理论和试验结果精确符合。近几十年，物理学家试图把量子力学和经典力学统一起来，称为大统一理论，尚未完全成功。

量子力学的开始通常认为从 1900 年普朗克（Planck，德国）提出光子、电子、原子的波粒二象性开始，一直到 1929 年基本理论才建立起来，花了 30 年。

1889 年，普朗克提出了量子能量守恒定律。

1898 年，居里夫妇（法国）发现了元素镭和钋及其自发发出射线的现象。

1900 年，普朗克提出，原子对能量的吸收是量子化的，每个量子的能量 W=hv，h 是 Planck 常数，v 是波动频率。

1902 年，卢瑟福（Rutherford，英国）提出了原子衰变说。

1905 年，爱因斯坦提出了狭义相对论，同年引入光量子概念解释光电效应。1915 年，建立了广义相对论。

1911—1913 年，卢瑟福和玻尔（Niel Bohr，丹麦）分别提出了原子模型。

1923 年，德布罗意（De Broglie，法国）提出了电子波动假说，后来被证明。

同年，康普顿（Compton，美国）创立了“光粒子使 X- 射线散射”理论。

1925 年，泡利（Pauli，奥地利）提出了不相容原理（在原子的同一电子轨道上不允许有两个状态完全相同的电子存在）。

1926 年，薛定谔（Schrödinger，德国）建立了量子化波动方程。

1929 年，海森伯（Heisenberg，德国）建立了量子电动力学，提出了测不准原理。

至此，量子力学的理论基础已经完成。

1928—1938 年，一系列重大发现都证明这一理论的正确性。狄拉克（Dirac，英国）预言有正电子存在；1932 年，安德森（Anderson，美国）发现了正电子；1931 年，泡利预言了中微子，后来被证实；1938 年，德国人发现铀裂变；1945 年，美国制成了原子弹。这些全都是在量子力学的指导下取得成功的。

四、量子力学引发的技术革命

量子力学理论提出后，不断得到实验的支持，精确预报了很多现象，都被以后的实验所证明。整个 20 世纪量子力学对基础科学和工程技术都产生了革命性影响。因为用量子力学方程可算出电子绕原子核旋转的轨道，轨道变化时（跃迁）电子、原子、分子都能吸收或发射一定频率的光谱线。所以，它极大地推动了核物理、粒子物理、化学、生物学、固体物理、半导体、天文学的飞跃发展，在各个领域里都得到了广泛的应用。

（一）在基础理论方面，量子力学理论大大丰富了门捷列夫元素周期表。

按量子力学定律和规则，人们确定了每个元素的原子结构、电子轨道、特征光谱（已有完备的手册）等。因此，物理学家们深信，除了元素周期表列出的元素以外，宇宙间不会再有别的物质以原子形式存在，即人类已认识了一切元素。近几年，为了解释宇宙持续膨胀的现象，物理学家们又提出了存在元素以外的“暗物质”的假说，尚未得到实验证明。

（二）三四十年代产生了量子化学。用量子力学理论研究化合物的分子结构，发展化学反应动力学，设计新化合物，如新晶体、新有机材料等，已获得成功。用量子力学计算出的原子和分子光谱，已有详尽手册可用。

（三）量子力学奠定了固体物理学，特别是晶体物理的基础。现有半导体材料、集成电路完全在硅、锗、磷等晶体上作文章。量子力学是微电子产业的理论、实验和制造的基础。当代信息技术革命主要归功于量子力学。

（四）激光技术完全是靠量子力学发展起来的。气体（如CO_2）、晶体和某些化合物，受激励而发射光子时，各有特定的极单纯波长的光线。只有用量子力学公式才能算出激光波长、强度等。今天，在国防、工业、半导体（包括发光二极管、光端机等）、核能、化工等领域内应用的各种激光器，都是基于量子力学原理而设计制造的。没有量子力学，就没有激光技术。不学量子力学的人搞不了激光。

（五）量子力学正大规模地进入医药、卫生、环保、化工等领域。

近几年出现的核磁共振（Nuclear Magnetic Resonance）断层造影机，就是利用人体中氢原子的电子轨道量子振动（进动）信号而成的。

应用量子力学可以计算化合物的特征化学键光谱，用以测量和识别蛋白质、血相、细菌、病毒等。

由于量子力学，近几十年出现了各种叫作“色谱仪”的测量仪器，利用不同化合物的特征量子光谱，测量不同物质的含量。化工和石化部门已须臾不能离开它。

环保部门监测大气和水中的微量有害物质，含量都在百万分之几，都是靠识别量子谱线完成的。

（六）现代宇宙学、天文学的基础已转向量子力学。

观察恒星都按光谱分类，按星光的量子谱线去识别恒星上存在的元素物质、气体组成。人们按原子或分子的特征谱线的多普勒效应（离去时频率下降）测星体的红移，从而确定离开地球的速度，推知离地球的距离。美国天文学家哈勃（Hubble，1889—1953，哈勃空间望远镜就以他命名）就是靠识别氢原子的量子谱线红移提出宇宙膨胀学说，已被证明为正确。物理学家接着提出“宇宙大爆炸”假设，全靠量子力学和广义相对论这些理论为基础，居然和科学试验、天文观测相符得很好。因此，相信它的人越来越多。量子力学已成为研究物理学、天文学、宇宙学的主流基础理论。

惜遇迟

——和池田大作先生

（1999）

久仰桂冠惜遇迟，
近诵大作如饮醍。
勇辟睦邻邦交路，
早悟先觉指菩提。
造化之美君尽稽，
天籁无声释大疑。
迹遍五洲觅芳草，
澄心意清文心溢。
忽闻青少呼唤激，
疑似东瀛朱鹮啼。
会长伉俪勤相引，
芳菲争善泪沾衣。
闻兄宏论畅跋题，
始识创价志伟奇。

一生苦觉知音少，
终逢子、伯流水时。

注：作者1998—2012年任中日友好协会会长，1999年率团访日，会见日本创价学会名誉会长、国际创价学会会长、桂冠诗人池田大作先生。承惠赠长诗《伟大中华飞腾新世纪》。录记于后。

附：

伟大中华飞腾新世纪

——纪念中华人民共和国建立50周年赠中日友好协会会长宋健先生

（1999）

池田大作

夜来暴雨豁然霁，苍空神妙放光彩。
桃园一阵绿风过，黄蝶轻舞鸟齐鸣。

心清朗朗意境明，神交久已宋大兄。
喜得报上穿音讯，捧读诗余赏诗情。

扉乍开凝眸，懊柯烂、怅梦悠。
忆千载闭幽，百年屈辱，悲啸难收。

诗中愁肠感肺腑，吟唱烈烈动人心。
一言一句存正义，爱国之思何其深。

清晰透彻历史观，目光如炬照千古。
诗心似火可燎原，情怀热切燃四方。
公车书、辛亥吼，革命再少巨叟神州。
民主共和伟业，改革开放圣谋。

遥望窗外绿如海，心潮澎湃难抑耐。
民主改革新旋律，心底银铃齐共鸣。

千载幽闭长梦醒，百年屈辱釜抽薪。
救国英雄陆续起，悠久天地振威声。

推翻压迫与支配，打破歧视与迫害。
堂堂解放众黎民，誓要彻底复人权。

公车上书求变法，富国教民扫腐败。
辛亥革命民主吼，帝国列强尽丧胆。

伟大领袖孙中山，组织人民挽狂澜。
如吐烈火留训示，千古哲理非等闲。
革命目的在谋求，万人平等与自由。
唤起黎民回天力，联合世界众朋友。

变革须以民为本，哲理不朽贵永恒。
广开门户向世界，革命普遍意无穷。

民主共和起源头，化作滔滔大河流。
穷凶极恶日军寇，粉碎侵略报血仇。

山东自古多英才，荣成三面临大海。
读书万卷怀大志，少年投身革命来。

四海飘扬五星旗，群众凯歌响大地。
人民中国喜创建，十七多感青春期。

新兴气息新人才，翱翔环宇赴四海。
负笈求学莫斯科，风华正茂宋英才。

莫大与我本有缘，与兄喜结缘上缘。
学成归国显身手，效力祖国促新生。

文明本应惠万民，神州浩瀚布行踪。
西北大漠西南陲，与民同苦乐同甘。

肩负故国新命途，历任要职不怕劳。
祖国扬名傲西海，名声赫赫青史留。

举案齐眉尊夫人，志同道合王雨生。
使命在身无暇歇，同是科技掘井人。

去岁一九九八年，当选政协副主席。
中国工程院院长，中日友好接班人。

首任会长廖承志，继之夏衍孙平化。
宋兄承当第四任，一脉相承庆得人。

时值建国五十年，历史佳节迎嘉宾。
友协访日为团长，神交久已喜相逢。

文化深恩系友情，此即创价大精神。
誓与军国主义斗，初任狱死二人承。

最忆一九七四年，时当五月三十一。
初踏神州首府地，中日友协结良朋。

尔来眨眼二五载，友好信赖重往来。
而今世纪新开幕，与兄握手叹奇才。

相见之前先捧读，科教兴国咏诗余。
展望到来新世纪，铿锵有力动心弦。

察异域金瓯，科技致富，四海风流。
高科技，笃教育，科教兴国，芳菲琼楼。
信苍穹无恙，云何不得丰酬？

创造历史信念坚，改革时代指针明。
中华飞腾新世纪，我持确信更不疑。

携手赞颂宋大兄，我亦扩展四海情。
兴隆教育拓时代，陆续辈出新人才。

两国友好世代传，扩越世纪远流长。
世界和平源不变，向周总理立誓言。
立志履行盟誓约，孜孜不倦训来人。
正确史观与哲学，千秋万代薪火传。

人类共和新世纪，第三千年奏凯歌。

共同揭开新帷幕，信义纽带更坚牢。

初次会见在新中国建设上留下伟大足迹的宋健先生夫妇，喜而赋诗。并衷心欢迎缘深情厚的中日友好协会各位先生光临，咏日中友好的未来。祝贺贵国建国50周年，祝愿中日友好协会更加发展，各位先生健康繁荣。

1999年7月16日

桂冠诗人　池田大作

1999年作者与夫人王雨生（右二）在东京会见池田大作

喜相悌

——和池田大作先生

古道城头望扶桑，
蜂蝶轻越衣水漾。
地缘文化两相依，
芳邻互惠千秋徜。

肇战推澜民相戕，
千万白骨冷如霜。
劫波度尽喜相悌，
后胤互济福气飏。

中日长谊重于天，
万般它物如云烟。
邓公斯箴劭千载，
今人后生永昵惦。

兄弟相济情更妍，
超越隋唐愈千年。

诚念先贤苦奋拓，
后任史责重于山。

1999 年 8 月 6 日　于北戴河

芳邻万代

寄言日中友协暨友好七团体工作会议，2004 年 12 月

远祖何时殖东亚，考古阙如未阐明。
天造地设置芳邻，隔岬相望共雨风。
地基相联同板块，噍类共薮连理生。
史记芳邻三千载，一湾泓水鱼雁情。

徐福东渡觅仙药，三千童子迁东瀛。
鉴真六渡庵奈良，不辞花甲寺律宗。
日青负笈使长安，文化互交渡衢通。
晁君（衡）仕唐五十春，帝授二品御史丞。

时光飞逝逾千年，世上百代换人间。
清末坊间启新潮，五万学子棹笈东。
先贤歃血同盟会，筹谋伟业聚东京。
学归辛亥担先锋，肇立共和呈英雄。

不幸日军侵华事，沙场干戈十四年。
新添亡灵三千万，祸首罪孽天不容。
灾后相逢千行泪，互倾衷肠泯恩怨。
永守兼爱互利道，芳邻万代享太平。

智能后镶

——题颂《院士谈教育》一书出版

（2000）

生命唯祖传，智能全后镶。
回溯国沧桑，教育诚至上。

注：中国科学院出版《院士谈教育》，许国志院士任主编，题和《智能后镶》，录存于后。

漫洒松烟

——许国志院士题和

（2000）

漫洒松烟墨，苍龙纸上飞。
行笔刊首页，开卷见珠玑。

人性·兽性·虫性

进化论肇始于19世纪，辉煌于20世纪。

150年前的1858年7月1日，两位勇敢的英国人，49岁的达尔文（Darwin，Charles Robert，1809—1882）和35岁的华莱士（Wallace，Alfred Russel，1823—1913）在伦敦林奈学会各自发表了关于进化论的论文，阐明世上千姿百态的生物物种是自然进化而成；人类的祖先不是天上来的，而是大地之子，由兽类进化而成。文艺复兴以来自然科学的伟大发现都没有涉及人类自身。哥白尼（Copernicus，1473—1543）把地球从宇宙的中心驱逐到太阳系的一个角落，但他终生担任基督教神职。牛顿（Newton，Isaac，1643—1727）一生相信神创论，他的力学三大定律无损于其信仰。进化论直刺基督教神学的心脏。人类竟与猿猴同宗，亵渎了人类的尊严，使世俗的人们震惊。帝王和教皇的权力不是神授，而是人类自己的勾当，这激怒了一切封建君主、皇室贵胄和神学大师，纷斥进化论为反动，宣称达尔文是欧洲“最危险的人物”。霎时间，一场批判进化论的狂澜大波席卷英国。华莱士顶不住压力，而向宗教界告饶，宣称他的进化论讲的是其他生物，不包括人类在内，人与其他有别，可能不是进化而来，而是神创的。赞成进化论的科学家也纷纷检讨，重新站队。达尔文的老师，最早提出寒武纪和泥盆纪命名的著名地质学家赛奇威克（Sedgwick，Adam，1785—1878）的站队声明是："作为地质学家，我承认有很多证据表明生物是从低级到高级进化的。但是，作为一个虔诚的基督徒，这些证据还不能使我抛弃神创论。我为达尔文的错误而失望。"[1]只有少数不怕孤立的科学家，如赫胥黎（T. H. Huxley，1825—1895）和德国的生物学家海克尔（Haeckel Ernst，1834—1919）等，顶住了社会压力，始终为进化论辩护。达尔文不屈不挠，于1859年公开发表了《论物种起源》[2]这一革命性著作，迅速被译成各种文字在欧洲广泛传播。宗教改革（1517—1648）和法国大革命（1789—1794）后，基督教已无力像烧死布鲁诺（Bruno G.，1548—1600）和终生监禁伽利略（G. Galilei，1564—1642）那样对达尔文进行迫害。

亘古以来，人们想当然地认为，人类与其他动物相比是特殊的，古代神话和《圣经》都把人封于圣坛。基督教说，人是神造的，神费了六天创造了天地万物：第一天开辟了光冥昼夜，第二天造了大气和海洋，第三天造山川草木，第四天造天际星辰，第五天造鸟兽飞禽，第六天造了一男一女，亚当和夏娃，人类的始祖。第七天神累了要休息，故至今人们都休礼拜日（参见《圣经·旧约·创世纪》）。[3] 中国人的始祖是神女而帝的女娲用黄泥捏成的，故色黄。三皇之身智为神授，帝王是天子，汉高祖是龙种，明太祖是神裔。

进化论的要义是，世上物种是从简单到复杂，从低级到高级，种类由少变多，逐步演化而成，演化的动力是自然选择。因与观察相符，很快得到科学界多数人的支持。进化论把唯物论引入人类学，从根本上否定了神创论和皇权神授的观念，在自然科学和社会科学中引发了一场激烈的革命运动，点燃了全世界从新的角度研究生命科学的热情。

到19世纪末科学界已达成共识：动物进化，有如胎儿发育。脊椎动物始自鱼类，见之于古生代志留纪。石炭纪出现两栖类，二叠纪出爬虫，中生代始有哺乳类，递新生代第三纪乃见灵长类。先有狭鼻猴，次生类人猿，无语言，降而能语，出现人类。此乃比较解剖、个体发生及脊椎动物化石所证明了的（鲁迅：《人的历史》，1907）。[4] 但是，因缺乏足够证据，物理学、地理学尚未发达，很多疑难尚未廓清，如地层未定绝对年龄，遗传机制不明等，进化论尚是一种科学思想，故称为达尔文主义（Darwinism）。在人文领域，社会各界各取所需，滥用其概念，到20世纪30年代以前仍一片混乱。殖民主义抓住“物竞天择，适者生存”大旗，为其侵略扩张张目。资产阶级编制“自由竞争，优胜劣汰”经济学。“新达尔文主义”宣称穷人是劣等人，不能给予平等自由，否则人类必堕落。[5] 纳粹德国要维护雅利安人种的“纯洁”，要“最后解决”犹太人、吉普赛人，以防“污染”。现代革命家们则深信，各民族的祖先都是平行进化而来，每人生来就是平等的，呼号为反殖民、反奴役、反压迫、争自由而战。

严复译《天演论》[6] 于 1898 年在中国出版时，清廷正处于大难之中，杀了谭嗣同等变法六君子，赶跑了康有为、梁启超，暂时稳住了局面。《天演论》的传播，给了清廷更致命的一击，拆掉了封建王朝皇权天授的伦理支柱。耆老遗少们茫然无措，一片惊慌，僚儒们预感大厦将倾，遂提出“旧学为体，新学为用”（张之洞《劝学篇》，1898）之谬妄，祈求稳住阵脚。以“生存竞争，适者生存”为中心思想的进化论一经传播，即成为中国先进知识界团结奋斗、救亡图存和维新革命的有力暗器。13 年后，伟大的辛亥革命终于结束了中国延续 2 000 多年的封建统治制度。

进化论昉起至今，现代科学突飞猛进，几乎每一学科的新发现和新理论都直接或间接地支持了它的基本思想。物理学的进步为地史和古生物化石的测年提供了可靠的新方法，分子生物学发现并实验证实了生物遗传机制，动物学及比较解剖学对各物种的体态结构和生理特征有了更深刻的认识，地质学和古生物学找到了丰富的化石证据，缕清了大多疑难，为进化论提供了无可质疑的佐证，从而使达尔文的科学思想变成已被证实了的颠扑不破的真理，成就了一门精密科学——进化生物学的出现。[5] 反过来，进化论科学地位的提高又进一步把现代科学稳置于唯物主义的基础之上，对自然科学和社会科学的各学科都产生了巨大影响。今天，在现代社会中的各领域，在政治、经济、文化、军事和生产、消费、医药等社会事务中，我们处处感到进化论的科学意义，享用着它的指导作用。

20 世纪自然科学对进化论的贡献，荦荦大端如下。

居里夫妇（Pierre Curie，1859—1906，Marie Curie，1867—1934）于 1898 年发现放射性元素钋（Po）和镭（Ra）以后，建立了放射物理学，为测量岩石和化石的绝对年龄提供了新的可靠方法。爱尔兰大主教 1650 年出版的《旧约编年史》曾断言，神创地球于前 4004 年 10 月 23 日中午，地球年龄仅 5 600 年，今已成笑柄。英国物理学家开尔文（W. Kelvin，1824—1907）猜想地球年龄为 2 000 万—4 000 万年。也有人根据海水含盐度推算地球年龄为 1 亿年；另据地质沉积厚度推算为 5.0 亿年。20 世纪，利用放射性元素如铀 -238、铀 -235、钾 -40 等的半衰期已准确地测出天落陨石和小行星的绝对年龄，推知太阳系诞生于 50 亿年前。地球和月球同庚，年龄为 45.6 亿年，海洋已存在了 40 亿年。地质学家制定了井然有序的《国际地层时代年表》，精度在 10 万年以内。所有已发现的古生物化石都可按表入座，确定它生存的年代。[7,8]

地球生物进化全景史的测定已基本完成。38 亿年前（太古宙）出现了细菌、藻类等原核单细胞生命。20 亿年前（早元古代）

出现了硅绿藻、有孔虫等真核生物。10亿年前（中元古代）出现了珊瑚、水母、海绵等多细胞生物。5亿年前（古生代奥陶纪）海洋中出现了鱼类等脊索动物。4亿年前（志留纪）水生动植物爬上陆地，此前陆上未发现任何生物痕迹。两栖类始见于泥盆纪（4.0亿—3.6亿年前）。陆上原始森林始于3.6亿—3亿年前（古生代石炭纪）。恐龙等爬行动物和鸟类始见于中生代三叠纪（2.5亿—2亿年前），兴旺于侏罗纪（2亿—1.5亿年前）。恐龙灭绝于白垩纪末（6 500万年前）。哺乳类动物始见于晚三叠纪（约2.0亿年前），兴旺于新生代（6 500万年前至今）。最早的灵长类猿猴化石发现于新生代渐新世地层（3 000万年前）。与人类已很接近的南方古猿（Australopithecus）曾生活在400万—100万年前。北京直立人（Pekinensis）、云南元谋人、陕西蓝田人等50万年以前即生活在华夏大地上，已掌握取用火和制造使用工具技术，脑容量为700—1 000毫升，比今人（1 450毫升）略小。[9, 10]

分子生物学关于生物遗传机制的发现是20世纪最伟大的科学成就之一。[11] 各物种如何能繁衍和父母基本相同的后代曾使数代科学家迷惘焦炙。奥地利中学教师、神父孟德尔（Mendel, Gregor Johann，1822—1884）做豌豆杂交试验，发现了植物遗传因子分离和自由组合定律，1900年才为世人所知，肇始了遗传学的研究。[12] 美国遗传学家摩尔根（Morgan，Th. H.，1866—1945）长期从事果蝇遗传研究，证明了遗传基因藏在细胞核中的染色体上，并找到了部分基因的位置，对遗传理论做出了奠基性贡献。20世纪上半叶，英国、法国、美国、北欧的生物学家们在实验中发现，细胞生产的蛋白酶是催化细胞代谢的关键物质，是由基因控制的，提出了“一个基因对应一种蛋白酶”的假说，后来由实验所部分证实。

到1940年代末，科学界已了解染色体中载有遗传基因信息的物质是由4种核苷酸（腺嘌呤A、鸟嘌呤G、胸腺嘧啶T、和胞嘧啶C）联接成的脱氧核糖核酸（DNA）化合物。1953年4月25日出版的英国《自然》杂志刊登了美国遗传学家沃森（Watson J. D. 1928—　）和英国生物学家克里克（Click　F. H. C，1916—2004）合创的论文《核酸的分子结构》，提出了DNA的双螺旋结构的分子模型，阐明了遗传物质DNA的结构、生化和遗传特性，完美地解释了生物能准确遗传后代的生化机理是DNA的双股互补复制。这一发现立即得到了全世界科学界人士的赞扬，沃森、克里克和威尔金斯（Wilkins M. H. F.）一起获1962年诺贝尔医学和生理学奖。[13, 14]

从19世纪初到20世纪中叶，成千上万的科学家们接续努力，终于明白了生物遗传的基本原理：原来，所有物种的细胞中都有数条染色体，上面负载着遗传物质DNA。人的每个体细胞都是双倍体，有23对染色体，生殖细胞（精子、卵子）都是只含有23条染色体的单倍体。20世纪60年代，国际遗传学会商定了命名办法，按染色体长度排列，1—22号为常染色体，第23对XX（女性）和XY（男性）为性染色体。人的DNA总长度为3×109个核苷酸。20世纪末开始的人类基因组测序计划已经完成，每条染色体上的DNA精细结构已经被确定并公布于众。到21世纪初已完成数十种动植物的DNA测序工作。对各种生物的遗传物质DNA序列的对比分析表明，人和其他生物的遗传基因有密切的亲缘关系，他们的DNA有相当部分是相同的。人与其他哺乳类动物的DNA重叠在75%以上，甚至与细菌、酵母、线虫等低等生物也有15%－40%的重叠。[15]已辨认出相当数量的基因是共同的，称为祖传基因（Orthologous genes）。人的23对染色体中有135个片断与最原始的文昌鱼（Aphioxus）的相同，重合部分达95%。[16]珊瑚虫的1 300个基因中发现有90%与人的相应基因相似。[17]这为生物进化同源说提供了最有力的证据。

研究比较各种动物的身体内外结构和生理功能异同的学科，称为比较解剖学。20世纪又有无数新发现，[18-20]人和真兽类（哺乳纲真兽亚纲，33个目，120个科，4 500个物种）的解剖结构有根本的相似性。皮肤结构和功能相同，都分为表皮和真皮两层，内有乳腺、脂腺、汗腺、味腺等腺体。真兽类骨架与人大同小异，都分成颅骨、躯干骨和附肢骨三部分。脊椎的构造相同，颈椎都是7节，胸椎12—13节（人12节），腰椎5—8节（人5节）。只有人的骶骨和尾骨与有尾巴的兽类稍有差别。人与猿类的附肢骨架完全相同。肌肉都分为骨骼肌（附着于骨）和随意肌（神经控制下收缩或弛张）。神经系统复杂性不同，但解剖结构相同；都有中枢神经和自主神经系统；脑分为脑髓、终脑、后脑、延脑（含小脑），都有脊椎神经丛，为大脑传递信号。灵长目都有一对眼睛，视觉结构相同。所有兽类的耳朵都有听觉和重力定向两个用途。真兽类消化系统都与人相同，由嘴、舌、牙、食管、胃、肠、肝、胰、肛构成。都有两套牙，乳齿和恒齿；灵长类有 18—36 颗牙。人和类人猿的牙列都是 32 颗，每象限 2 个切齿、1 个犬齿、2 个前臼齿和 3 个臼齿。血液循环系统中，鸟类和兽类的心脏都有功能相同的 4 个腔（左心房、左心室和右心房、右心室），两栖类 3 个腔，鱼类 2 个腔（1 房 1 室）。所有兽类的泌尿系统都由 2 个肾、输尿管、膀胱、尿道组成。雌性生殖系统中有双卵巢、双输卵管、单子宫，雄性有外挂阴囊、睾丸、精囊、输精管、前列腺、阴茎。怀孕期猿猴亚目 140 天，狐猴 132—134 天，猕猴 146—186 天，长臂猿 210 天，黑猩猩 250—290 天，人 269 天。平均寿命狐猴 15 年，猕猴 25—30 年，黑猩猩 40—60 年，人 70—75 年。内分泌系统都有肾上腺、胰腺和分布于各处的性腺等。[10,20,21,22]

20 世纪的生物学、动物学和分子生物学已证明了人和猿、猴这些灵长类动物有共同的祖先，与哺乳类动物同宗，与地球上一切噍类同源。人在生物分类学中的地位已毫无疑义地被判属于动物界，脊索动物门，脊椎动物亚门，哺乳纲，真兽亚纲，灵长目，类人猿亚目，人超科中的人科、人属和唯一的现代智能人种。黑猩猩、倭猩猩和大猩猩是人类最近的堂亲，于700万—500万年前分途进化。长臂猿和猕猴等灵长类是人类的远亲，分歧进化于2 500万—1 800万年以前。灵长目与其他兽类分歧于约6 000万年前。现存于西非的倭猩猩（俗名Bonobo，学名Pan paniscus）与人类的亲缘最近。[10] 发生于30亿年前的原核单细胞生物是地球上一切生物之源。从单细胞生物到现代人类是一个30多亿年的不断的进化链。达尔文曾推测，在现存不同动物群之间一定存在过中间过渡型动物，它们的化石都被20世纪的古生物学家们找到了。

现在生活在地球上的所有人类，无论肤色、民族、语言如何不同，都属于同一个人种，即现代智人（Homo sapiens）。数万年前地球上生活过多种不同的人种，如南方古猿，欧洲的尼人（Neanderthal man）等或者已灭绝，或者已相互融合。现存的人类，任何民族之间都可以通婚和生育身体健壮和智力正常的后代。基因序列分析表明，同卵双胞胎的DNA完全相同，同胞兄弟的DNA有99.95%以上是相同的，世上任何两个现代人的DNA相同部分都在99.9%以上，而人类与其近亲黑猩猩的DNA相同部分只有95%左右。

在最近200万年的历史上，全球各大洲之间发生过多次人群大迁徙。可辨认的有：从非洲向欧洲和亚洲的迁移（180万年前、

40 万年前、5 万年前），从亚洲向非洲和欧洲的迁移（3 万年前），从亚洲向北美的迁移（1 万年前），从亚洲向大洋洲和太平洋诸岛的迁移（2 万年前）等。[8] 近年对母传线粒体和父传 Y 染色体的基因序列对比分析表明，无论是白种人、黑人、黄种人，还是棕种人，大家都有共同的祖先，属于同一个现代智人人种，不存在生物进化程度的差异，没有优劣之分。各民族的差异仅在于历史、文化和环境的不同，即后天获得的性状有别。殖民主义者和种族主义者的“优劣民族论”已被科学彻底推翻。全世界各族人民是同祖同宗的大家庭。

试想每一个人都必须有 2 位父母、4 位祖父母和外公外婆，缺少任何一位你就不会出生。向上类推，5 代前应有 32 位玄祖；10 代前有 1 024 位嫡祖；20 代前直系祖先超过 100 万。易推知，人数为 N 的同宗人群的共同祖先当在 n 代以前，n=log2N。按中国名人家谱，过去 2 500 年间，平均每两代人间隔约为 30 年，传衍 30 代需要约 1 000 年，那时你的遥祖父母超过 1 000 万人。最近有数学家证明，凡生活在（1.77n）代以前的并留有后代的每一个人都是今人的直系祖先。[23] 换言之，今天全球人类的基因总和是一个早已混合无垠而不均匀的庞大基因库，各民族“你身上有我，我身上有你”。史前社会在中国江河平原种稻黍的先人，在古埃及建金字塔的劳工，在欧洲狩猎驯马的古乌克兰人等，都是我们每一个今人的直系祖先。

人类能进化到今天的优秀和强大，胜过一切其他动物而统治着整个世界，是因为我们获得了理性，即认知世界、概念思维、逻辑推理和创新的能力，也就是认识世界、适应环境和局部改造环境的能力。动物学研究表明，其他动物，如灵长目等，也有初等的认知、简单的思维和粗浅的推理能力，但都不如人类的能力那么强大、系统和深刻。只有人类具备理性思维和行为能力。

人的理性包括感性认知、学习记忆、思维推理和智能创新四部分。

感性认知指的是，通过观察和接触，认知周围事物的特征性属，形成概念，区分类别，认清其相互关系。动物认知食物和猎物、鼠见猫逃窜等，多是先天遗传技能。除高级灵长类外，都不能在镜子中认出自己的影像，经长期训练也不成。学习记忆是人类特有的能力，发达的大脑是浩瀚记忆力的物质基础。符号语言和文字是思维和表达思想的工具，积累和传播知识的手段，是人类独有的后天习得的技能。能根据积累的经验和知识对事物进行分析判断并作出推论是人类智慧的表现。强烈的好奇心和求知欲、良好的悟性、探求真理的勇气和为集体利益的献身精神使人类获得了独一无二的创新智能。伟大革命事业的成功、现代科学技术的发展、人类生存条件和健康水平的提高等都是人类智能创新的产物。

理性是后天获得的能力，灵敏的受感器官、可靠的神经系统和强壮的大脑等是理性的物质基础。生物学公认，后天习得的性状和能力不可能遗传子代，至少短期内不能。[5,24] 每代新人的理性要从头学起，靠社会文化（制度、习俗、道德、风尚）和教育塑造而成。社会文化的进步和教育制度的完善是培育公民的良好品德、优越智慧和坚韧的创新精神的必要条件。没有先进文化的陶冶和良好的教育而指望上天赋予睿智美德是与科学规律相悖的。

人是社会性动物。文化是人类社会在历史发展中所创造的物质财富和精神财富的总和，包括生产和生活方式、语言文字、风俗习惯、政治制度、法律规范、道德观念、科学技术和文学艺术等。人的理性是从社会文化中，即群体的经验、知识和习俗中通过模仿、传播、学习和教育获得的能力，只有在社会生活中才能表现出来。新生儿都是文盲，生来即孤单孑立与社会隔离的人，故无理性可言，连语言都不可能掌握。考古发现，人类文化于新旧石器交接时代（1 万年前）发生了急剧变化，称为“文化大跃进”，从采集狩猎到农耕畜牧的转变是人类历史上一次最伟大的文化革命，在 5 000 年的时间内传遍全世界。开始于 18 世纪的产业革命 200 年内就扩散到全球。一场革命可在数十年中改变一个国家的政治制度和社会习俗，一项新的发明创造数年内就能普及到全社会，改变人民的生产和生活方式。

文化的飞速进步与人类基因进化的缓慢形成鲜明反差。人的肌体结构、生理功能和大脑容量在最近 5 万—10 万年内没发现可观察到的变化。进化分子生物学的观察指明，在正常情况下，人类基因组每代合子（受精卵）中的DNA上核苷酸变化约为5×10^{-5}，每代子女与父母相比最多有1—2个基因有些微变异。只有经过千百代的积累，人的生物特性才可能出现可察觉到的变化。因此，人类文化的进步、社会的发展与基因进化没有直接关系。搬用生物进化规律去解释社会现象，像“社会达尔文主义”，用“物竞天择，适者生存”去圣化资本主义的残酷剥削，以“优胜劣汰”为奴役掠夺弱小民族的殖民主义辩护，都没有任何科学根据，已被科学界彻底摒弃。

然而，人的生物性本质是社会文化发生和进步的总根源。文化总是围绕人类的生存、发展和繁衍后代而展开。宗教的本意是要人们寄希望于幸福的天国和美满的来世。鲁迅说，文学艺术也是在生存斗争中产生的，最初是功利的，如无功用，事物就不见得美了，[25] 爱情成为文学艺术不朽的主题。国家制定法律法规，规定社会政治和经济制度，规范社会生活中的人际关系，保障生活和生产活动秩序，保护人民的生存和发展权利，盖应以保护和提升人性为底。此故社会主义旗帜上写着以人为本。任何信仰、政治理论和主义都应该有益于人类的生存和进步，否则人们不会接受它。总之，是人的生物本质牵引着社会文化的发展和进步。

20世纪的社会实践和科学成就都提醒我们，人类不应该陶醉于自己智能的增长、思想的进步、科技的成就和对自然界的某些胜利，绝不要忽略人的动物性这个本质。不管我们的事业取得了多么辉煌的成就，即使走出了地球，登上了月球，将来甚至有可能造访火星，都不可能改变我们生存的物质基础，我们的躯体连同我们的血、肉和头脑都产生于和存在于自然界。人类是地球上30多亿年的生物进化链中的一环，我们已彻底适应了这个自然环境，每一滴血、每一种行为、每一种思想、每一种理论、每一种主义都是这个自然界的产物。人不能成仙，自然界不能超越，更不能破坏，否则就是人种的堕落、死亡和灭绝。航天科学的实践已充分证明，宇航员要飞往地外星球，飞船上必须有类地的人造环境，否则必死无疑。

人类的生物性本质和其他哺乳纲动物，即真兽类（Theria）是共同的，科学界通称之为动物性或兽性（Animalism或Therium）。古人以“禽兽”当恶骂，“无君无父是禽兽也”（《孟子·滕文公》），有如“鬼魅”“恶魔”，文学夸张而已，并非物名。命题正名时就有“二足而羽谓之禽，四足而毛谓之兽”（《尔雅·释鸟》），灵长目动物也都为兽，并无贬义。人本四足寡毛，叫“裸猿”，誉兽无愧，庶几有助于把人从自封的神坛上请下来，归乎自然。

20世纪末分子遗传学又发现人还有虫性遗风。人的基因中有100—200个与细菌相同，[17]与线虫、昆虫、珊瑚虫等有共同的祖传基因，有的重叠高达40%。[26]“古人君子，每以禽兽斥人，殊不知便是昆虫，值得师法的地方也多着呢。”（鲁迅：《华盖集》）。恩格斯说：“人类来源于动物界这一事实已经决定人永远不能摆脱兽性。所以问题只能是摆脱的多些或少些，在于人性和兽性在程度上的差别。”[27]

倘若把人的生物性称为兽性，则人性等于兽性加理性。兽性来自遗传，基因万年笃守，千年不见有变。理性获自文化陶冶和教育，随社会发展和科学进步而迅速变化。近代进化生物学者们一致认为，兽性难改，理性的可塑性却很大。文化、科学和教育是推动人类文明进步的机杼。即使人的兽性万年不变，社会发展和文明进步总在提升着人的理性，增益着人性的光辉。

后天获得的理性，如科学、文化能否影响人的兽性进化？科学界仍有争论。20世纪生命科学主流仍然否定法国拉马克（1744—1829）的“用进废退的获得性状”可遗传后代的理论，认为缺乏实验证据。也有科学家认为，科学文化的进步会影响甚至操纵人的遗传特性，如优生优育、基因修饰和治疗，使后人免疫能力更强，变得更健康、更聪明，那是可能的。

后工业社会和计划生育政策改变了马尔萨斯和达尔文倚重的人口以几何级数增长的“自然规律”，这是社会、文化对人类遗传性能影响的典例。然而，要想脱离人的生物学基础，把人变成神仙，那是万万不可能的。

“人世难逢开口笑，上疆场，彼此弯弓月。流遍了郊原血。”（毛泽东：《贺新郎·读史》）人类有史以来就战争不断，灾难频发，尤以20世纪为烈。已进入工业文明时代的人类，却发生了空前规模的两次世界大战和200多次局部战争，死伤2亿多人。引起战争的原因多不胜类，对人性的谬释和理性的丧失是很多不义之战的根源。自诩为“优秀民族”，长达500年的殖民主义（1450—1950），清除“劣类”以防“血缘污染”的法西斯主义，搞民族隔离和剥夺公权的种族主义，煽动种族仇恨、耸暴致大众恐惧的恐怖主义等，进化论兴起后的现代科学已经证实了这些虚幻的荒谬和这类政策的反动。

充分了解进化论以来生物学和人类学的最新成就，深切理解人的生物本质、理性进步的必要条件和能达到的高度，对各级政府、公务人员和社会工作者正确把握人性天道，汲取史鉴，理解和建设以人为本的理性社会，都十分重要。

参考文献：

［1］Miller J. and Borin Van Loon. Darwin and Evolution. Icon Books UK and Totem Books，USA，1992.

［2］达尔文．物种起源，谢蕴贞译．科学出版社，1982.

［3］新旧约全书，中国基督教三自爱国运动委员会印发，上海出版社，1980.

［4］鲁迅．人的历史，鲁迅全集，卷一，人民文学出版社，1982.

［5］Strickberger M. W. Evolution（进化生物学），科学出版社影印版，2002.

［6］严复译．天演论（Huxley T. H.，Evolution and Ethics，1893)，商务印书馆，1933.

［7］刘本培、蔡运龙．地球科学导论，高等教育出版社，2000.

［8］陈述彭主编．地球系统科学，中国科学技术出版社，北京，1998.

［9］Dawkins R. The Ancestor’s Tale：A pilgrimage to the Dawn of Life. Phoenix，London，2004.

［10］吴汝康．古人类学，文物出版社，1989.

［11］卢因（Lewin B）．基因VIII，科学出版社，2006.

［12］孟德尔．植物杂交试验，科学出版社，1957.

［13］沃森（Watson J. D.）等，基因的分子生物学，科学出版社，2005.

［14］Watson J. D. and F. H. C. Crick. Genetical Implications of the Structure of DNA. Nature，171，964-967，5 May，w21953.

［15］Annotation of Celera Human Genome Assembly，1145—1434，2001.

［16］Putnam N. H.，Butt T，et al. The Amphioxus Genome and the Evolution of the Cordate Kazyotype. Nature，453，1064—1071，19 June，2008.

［17］Whitfield J. We Are Family. Nature，446，247—249，5 March，2007.

［18］郝守刚、马学平、董熙平、齐文同、张昀．生命的起源

与演化，高等教育出版社，2000.

[19] 朱泓．体质人类学，高等教育出版社，2005.

[20] 李难．进化生物学基础，高等教育出版社，2005.

[21] 胡玉佳．现代生物学，高等教育出版社，2004.

[22] 倪衡建、石增立．基础医学概论（上、下册），科学出版社，2005.

[23] Chang J. T. Recent Common Ancestors of All Present-day Individuals. Advances in Applied Probability，31，1001—1026，1999.

[24] Ehrlich P. R. Human Nature-Gene，Culture and Human Prospects. Penguin Books，2000.

[25] 鲁迅．《艺术论》译本序，鲁迅全集，卷四，人民文学出版社，1981.

[26] Venter J. C. Sciences，291，2001.

[27] 恩格斯．反杜林论，《马克思、恩格斯选集》，卷三，人民文学出版社，1974.

不许恋爱

1952 年秋，被选中留苏的同学，齐聚北京西单鲍家街 43 号原醇亲王府的留苏预备部学习一年。以政治、俄语为主，日常接受组织纪律教育，建立新的理念，学习中央指示：留苏任务重点是学习科学技术、经济建设、文化艺术，将来为建设新中国奋斗。你们要努力学习，遵守学校纪律，和苏联人民保持友好关系，同学间互相帮助、互相照顾，珍惜机会，集中精力，取得优良学习成绩。有的领导还指示：你们大都很年轻，未到婚嫁年龄，到苏联后不要谈恋爱，既不要和中国同学谈恋爱，更不允许和苏联同学谈恋爱。后来的实践证明，绝大多数留学生都严格按要求完成学习任务，按期回国，投入社会主义建设中。但是，对少数人，前几条容易，要做到最后一点很艰难。

苏联人口在第二次世界大战期间遭受了重大牺牲，死亡 2 660 万人，其中军人牺牲 1 100 万，还有约 50 万人被掠移海外，青壮男性损失最多。战后孤儿寡妇、千万绣娘美溢城乡。俄罗斯联邦历史人口统计表明，到 1950 年人口略有恢复，总数升至 1.02 亿，但男女人口比例只有 0.75，女性比男性多 1 450 万，1955 年多出 1 770 万，达到高峰。1960 年仍多出 1 300 万。

苏联社会比中国社会开放，民间风俗习惯更近欧洲，女孩子们很具进攻性。20 世纪 50 年代，中苏人民友好气势空前高涨。苏联人孤军奋战30多年，才赢得新中国这个“亲兄弟”，亲昵无间。中国留学生和实习生都勤学苦修，成绩优良。有流言说，“凡有中国学生的班级，考试第一非他莫属”。中国学生成了“村中第一少年”、俄国姑娘的理想进攻目标。我班一位俄国姑娘在共青团会上宣布，她的理想就是嫁给一个中国人。1955 年下工厂实习期间，遇到我某兵工厂派到苏联实习的青年团队。他们天天被数十名女孩子围困，有人陷入心悸、感动、倾慕、迷恋的深窈，不能自拔。领队的干部对这种扰乱束手无策，既要友好，又不许谈恋爱，很难把握。只有动用组织纪律，以“神经过于紧张，不适宜继续学习”为由遣送深陷情谊的学员回国休养。

绝大多数同学精神贯注，专心于功课。无论节假日，轮转于教室、图书馆、阅览室和宿舍之间，穷日落月，心无旁骛。舞会周周有，从不参加。偶遇红颜，师古贤柳下惠古风，不俏皮，避闲话，假装俄语不畅，坐怀不乱。“尔为尔，我为我，虽袒裼裸裎于侧，焉能浼我？”

不是每个人都能无障碍地度过留学岁月。刘虎生同志（1928—2002）是中央红军长征后牺牲在赣南的革命烈士刘伯坚（1895—

1935）和王叔振夫妇的长子，1937 年被接到延安学习、工作。1948 年被派往苏联留学，1949 年进入鲍曼工学院光学仪器专业，成为我们的学长。留学时，他埋头用功，心无旁骛，一介书生，学业优秀。他身材硕匀，慈眉善目，诚笃朴实，憨厚可亲，谨苟言笑，矜持于交流，但深得同学们的喜爱。同班同学尤里娅对刘虎生爱慕不释，发誓要嫁给他。她听说有“中国留学生不准与苏联同学谈恋爱”的规定，悲愤不已，找中国管理留学生的官员争执，几乎闹成一桩国际公案。最终报到国务院副总理李富春处，他是刘伯坚烈士留法的同窗挚友，革命同俦，深恤后代，也为尤里娅的钟情所动，作为个案特例批准他们结婚。刘虎生于 1955 年毕业回国，尤里娅也告别了她的祖国，来到中国工作。刘虎生先后在陕西、山西、北京等国家重点企业任工程师、总工程师，在国家机械委、国家经委任科技局长等职，为我国国防和机械工业的建设和发展做出过重要贡献，曾被授予全国劳动模范，获全国五一劳动奖章。中苏关系破裂后，尤里娅主动放弃苏联国籍，成为中华人民共和国公民，掌握了中文，融入了社会，工作和家庭都未遭到过大扰乱，安全地度过了那段艰难时光。尤里娅早刘虎生一年去世，留一子一女，都成长为健壮英俊的革命后代。跨国情爱，善始善终，罕见的幸福。

1955 年，苏联高教部质问中国驻苏使馆：“你们为什么不同意中国留学生与苏联同学结婚？你们宪法有规定吗？希望中国政府改变这个规定。”列宁格勒发生过这么一件事：一位苏联女同学爱上中国男同学，决心以死殉爱，闹到周恩来总理处，总理亲自批准他们结婚。此后使馆留学生党委调整了规定，允许毕业生娶苏联女同学回国。“派一个，赚一个！”大门一开，数百对恋人结婚回国。然而，20 世纪 60 年代初中苏关系恶化，有人婚后滞留不回，或回苏定居，致“叛国叛党”。使馆迫于政局又改变了政策，恢复“不准与苏联同学结婚”的规定。政治压倒伦理，属不可抗力。

中华民族 56 个民族，经数千年同生共存，交流融合，汇合成一个巨大的人群。各民族之间形成祖俗联姻，血脉相通，遗传相耦，文化共享，赋形和谐的大家庭。按人类学划分，90% 以上人口属汉族。历史地理、政治环境使中国与欧美各国隔离了上千年，影响了现代科学文明的进步。明清时期，帝王硕儒仍以中央帝国自诩，老子天下第一，自我封闭，与欧洲人交流几乎断绝。不知有文艺复兴，昧于现代科学，未闻产业革命，聋瞽了 300 年。民间对欧洲人（高加索人种）的大鼻子、蓝眼睛大惑不解，总惊讶不已，常以为非我族类，殊俗不同，嗜欲有别，其心必异，遑论互通姻缘。

20 世纪，生物学、人类学和医学取得了突破性进展，特别是分子生物学揭开了生物遗传的奥秘。每一新生儿女的基本体质、发育、爱情、育后等都是父母遗传的技能。遗传信息主要载负在合子（受精卵）细胞核内 23 对染色体中。每对染色体中一条来自母亲，另一条来自父亲，称为同源染色体。染色体中有由脱氧核糖核酸（DNA）组成的大分子，它是遗传信息的载体。具有某一物理生物功能的 DNA 片断称为遗传基因。基因常因突变、缺陷、错位、丢失而导致子女患先天遗传性疾病，如畸形、变形和染色体异常等。生物学家对动植物遗传过程的观察和实验发现，如果来自父母的同源染色体相似（近亲繁殖）则后代获得先天遗传缺陷的机会大为增加。如果两条同源染色体差别较大（远亲），则父母一方的遗传缺陷常会被另一方修正。远亲的遗传优势在后代身上常会相互增强，所生子代常比父母代更健康，发育更完善，生命活力和对环境适应能力更强。这种现象称为杂交优势（heterosis），已在农业、养殖、畜牧业中广泛采用。如杂交稻、杂交麦、杂交玉米，杂种猪、鸡、鸭等。发育快、抗病、抗旱、抗逆境、体形健壮、质量好、产量高，都是杂交优势的体现。

95% 的美国人中是外来移民。据 20 世纪 80 年代统计，白种人占 83.1%，黑人占 11.7%，亚洲人占 1.3%，本地人（印第安人）只占 0.6%。你若问一位朋友祖籍何处，回答是一个长故事：祖父来自爱尔兰，祖母迁自意大利，母亲是南美移民。因此，美国人只登记出生地，没有祖籍一栏。墨西哥人口中，西班牙 — 印第安混血儿，称为 mestizos，占 60%（2002）。1840 年美墨战争后，墨西哥北方领土划归美国，大量拉美裔混血人口划归或移居美国。

美国还有不少白黑混血人（称为 mulattos）。美国人精力充沛，生气勃勃，勇于冒险，想象力丰富，保持了 250 年的繁荣，100 多年科技领先，抑或是杂交优势之显性特征。

全世界现代人类，无论肤色白黑黄棕，都属同一个物种（Homo sapiens），各民族间都能通婚育后是最有力的证明。一个相对独立人群的遗传基因总和称为基因库。现代生物学提示，如果一个国家或地区的基因库长期处于封闭状态，其后代的体质、性状、生存和进取能力等都有退化的倾向。从长远看，开放的人口政策，适度的人口流动，必要的迁徙，包容的远亲婚姻习俗，对不断丰富基因库，吸取各民族的优势基因，改善后代人群体质、性状，提高生存能力和智力水平都有正面的影响。至于与其他国家交流文化、交换人才、互通信息、互换产品、互相投资，那是每个开放社会保持经济发展和文化进步的必要条件。

情爱是天赋人性之一，是保障人类生存、进步而不灭亡的睿智故技，因而是有史以来文学艺术的永恒主题。文学视情爱与生命等价。孔子肯定情爱“弗学而能”，鲁迅视情爱为新生命之源。20 世纪的生物学、医学研究证明，性爱是从远祖继承的，织造在遗传基因中，由内分泌系统和相应器官控制表达的性状。和饥餐渴饮一样，是生物的本能需求，并非完全由“思想问题”引发。情爱受阻对人的生理和精神平衡常产生极大的影响，由此引发精神性和实质性生理疾病的案例不胜枚举。

生存、发展、育后是人生命的三大要素，是先天禀赋和理性思维的共生物，是一切政治、经济、哲学、科学发展进步的动原和归宿。凡与此相悖的理论、思想、主义，都不会长期受人们欢迎。性爱是家庭的基石，培育新生命的摇篮，人类进步的驿站，个人生命旅程和社会秩序的安全岛，民族发展的根茎，创新发展的机杼，有时成为精神和智慧的渊源。合乎自然的情爱不是错，有如杜鹃做巢，蜘蛛结网，蜜蜂酿蜜，天性使然。它是大树，根源自祖先，盘桓地上，长在人间，依存社会，春花秋实，连亘至未来。性爱与生命同构，与未来同伦。

我 1958 年进入研究生院后，恋上同校同学王雨生，一位上海姑娘。她 1935 年 3 月出生于宁波镇海，1950 年随父亲迁居青岛，1953 年考入大连工学院化工系，1954 年考上留苏，1955 年被派到鲍曼工学院内燃机专业。我们约定毕业回国工作后成家，于 1961 年 7 月结婚。此时我已在国防部第五研究院工作，她回国后被分配到北方交通大学教书。一切请示组织决定，是那个时代我们的共同理念。

宋健和王雨生 1960 年摄于莫斯科

水调歌头·咏断代工程

（2001）

华夏古文明，漫五千寒暑。太史嗟叹，周厉王前无年谱。先圣丘轲无奈，百代后生懊怃。史家屡竞补，时不逮共谋，江河东流徂。

新时代，换人间，改公历。先代存亡，成今世祖训智懿。考古天文数理，联解古史阙疑。稽三代年表，续史圣伟绩，延信史千禧。

超越疑古，走出迷茫

（1996）

国务院决定实施“夏商周断代工程”，列为“九五”重点，得到历史和考古学界的热烈支持。自忖历史知识浅薄，没有多少发言权。但想到，中国古代文明属于全民族，属于世世代代的人民，是全人类珍贵的遗产。读史爱国，人人有责。在“工程”开始实施之际，不揣浅薄，发一点议论，奉闻于历史学家和考古学家们，实出自为历史科学效劳的至诚。

爱国需要读史。人们说，无论是学社会科学的，还是学自然科学的，都应看一部关于历史的简明而可靠的书。“历史上写着中国的灵魂，指示着将来的命运。”（鲁迅：《华盖集》）20世纪50年代，我负笈攻读，60年代攻关尖端，70年代检讨批判，80年代才找一点历史书读，也不管可靠与否。我逐渐明白，学习和了解历史是人类共同的追求。欧洲人都说希腊史诗是他们文化的渊源。欧洲的伟大文学家，从荷马、但丁、莎士比亚到歌德，借古希腊、古罗马的神话和历史题材，创造出不朽的作品。欧洲各国现代语言中充满与古代神话和历史有关的词汇，广泛用于政治、经济、军事、科学和商业中，如“阿波罗”登月、“三叉戟”核潜艇，“阿喀琉斯之踵”等，比比皆是，成为欧洲文化的一部分。最近，2月4日，尼泊尔政府发表公告云，五国考古学家发掘证实，佛祖释迦牟尼于前623年降生地在尼泊尔南部兰毗尼园菩提树下，是“惊人考古成就”。比兰德拉国王伉俪立即去现场主持仪式，耗巨资创立国际研究中心，可见事态之重大。

几年前，我访问印度，联合国环境署执行主任托尔巴博士（Dr. Mostafa Tolba，埃及人）和我一起参加印部长举行的欢迎宴会。托兴奋地致词曰：“我们，三个最伟大的文明古国的代表欢聚，具有历史意义，因为保护环境是我们古代文明的要义。”听他的话，不胜荣幸。

作为自然科学工作者，我读科学史多一些。中国科学院外籍院士李约瑟博士曾公开声明皈依中国文化，并解释道，这是经过几十年的研究和深思熟虑后做出的决定。1986年11月，他最后一次访问北京，惠赠我《李约瑟文集》一册，是潘吉星先生编译的，由他本人作序，签名为“十宿道人”。伴他来华的新闻记者坦普勒（Robert K. G. Temple）也送我他写的书，叫《中国——发现与发明之邦》（*China—Land of Discovery and Invention, 1986*）。书中有一段话，标题为“西方欠中国之债”，大意是，李约瑟的研究解开了西方人和中国人都未曾知晓的人类历史上最大的迷惘。当代世界文明由中国历史文明和欧洲文明综合而成。当17世纪西方传教士向中国皇帝敬献钟表时，中国人感到惊奇。殊不知最早发明机械表的正是中国人自己。欧洲的农业、造船、采油、多级火箭、大炮、降落伞、造酒、造纸、印刷、象棋、蒸汽机原理、天文学、十进制数学、算盘等，都是文艺复兴以来从中国进口的。没有中国的造船技术、指南针和其他发明，欧洲17世纪以来的各种发明创造和产业革命根本不可能发生，也不会有英国的骑士时代和殖民帝国时代。

拜读这些话，炎黄子孙都会感到荣耀。坦普勒用的不是科学家的语言，但这与马克思的话是一致的："火药、指南针、印刷术——这是预告资产阶级社会到来的三大发明。火药把骑士阶层炸得粉碎，指南针打开了世界市场并建立了殖民地，而印刷术则变成新教的工具，总的来说变成科学复兴的手段，变成对精神发展创造必要前提的最强大的杠杆。"（马克思：《经济学手稿》，1861—1863年）

与古埃及、古巴比伦和古印度不同，中华文明五千年绵延不断。战乱、暴政、外族入侵和水旱灾疫，都未能阻止她的持续发展和进步。东周列国，争战五个世纪，处士横议，诸子百家，文化大爆发。秦始皇焚书坑儒，"坑灰未冷山东乱"，接着是汉文化的大繁荣。魏晋南北朝，天下大乱300多年，涌现出一大批数学、天文、医学等领域的科学家和工程师。此后，宋辽金元族际争斗又 200 多年，中华文化未被窒息，仍有悲壮浑雅的金元曲传世。据水利部统计，从前 206 年到 1949 年，中国发生过 1 029 次大水灾，一片汪洋，生灵殆尽；发生过 1 056 次大旱灾，赤地千里，饿殍遍野。中华文明是任何灾难都打不断的链环，任何力量都不能阻碍她的生存和发展。她是一部长卷史诗、无穷画卷，是人类知识、智慧和科学技术的不尽源泉。她培育了伟大的民族精神，造化伦理道德，形成强大的凝聚力，渗透到政治、经济、文化、科学技术和社会生活的每一角落，溶化到每个中国人的血液中。

历代政治家都知道以史为鉴。周公“我不可不监于有夏，亦不可不监于有殷”（《尚书·召诰》）。“殷鉴不远，在夏后之世”（《诗经·大雅》）。唐太宗“以古为镜，可知兴替”，促成了贞观之治的繁荣。现代，毛主席掌上千秋史，鉴古论今，随手拈来。他要人们学枚乘《七发》，以增勇气；学司马迁，辨泰山、鸿毛，处厄运而发愤为作。解放战争进入最后阶段，他警示勿蹈项羽覆辙，“不可沽名学霸王”，要学《史记》。1991 年苏联解体，世人惊叹。很多人想起杜牧的《阿房宫赋》：“呜呼！族秦者，秦也，非天下也。秦人不暇自哀，而后人哀之；后人哀之而不鉴之，亦使后人而复哀后人也。”的确，只要换一个字，贴切之至。

历代文学家都酷史，无文不史。古代的自不必说，就说现在。三十年的“大批判”，一旦反正，历史题材立即大爆炸。人道是方兴未艾，仁智是非各有评说。风越刮越大，有一发不可收拾之势。

“野火烧不尽，春风吹又生”。可见生命力之强大。

关于中国自然科学史的研究，与李约瑟院士同时代的很多中国老一代科学家都做出过重要贡献。现在，科研部门、高等院校、文化部门都有一大批科学家在从事研究。李约瑟院士为中国科学史研究开创了新的时代，但并不是终结。后人仍将从中国古代文明中汲取不尽的智慧和启迪。吴文俊院士近年关于数学定理的机械化证明，取得世界公认的新成就，正是研究中国古代数学《九章算术》和现代计算机的成功结合。

近读李学勤同志的《走出疑古时代》，使人强烈感到，与世界其他古代文明比较，我国史学界对秦前的系统研究不足。最大的阙憾是自司马迁以来未建立三代纪年，没有正式公布过西周共和元年（前 841 年）以前的纪年参考体系。日本人有“尧舜禹抹杀论”。西方有人说，中国古代史从西周共和元年始。也有善论者称中国古代史尚处于扑朔迷离的雾霭之中，神话与传说杂陈，嘈切中不见科学面目。

英国人罗伯兹（J. M. Roberts）编著的于1993年出版的《世界史》（*History of the World*）中说：“一致公认，中国的文明史从商开始。长期以来这是研究中国历史的基础。因为中国只有前 8 世纪以后的纪年，没有更早的像古埃及那样的纪年表。”他还说，商朝于前 1700 年左右统治河南一带约 4 万平方哩（104 000 平方公里）的地域，比今天英国的面积还小。商代是美索不达米亚古文明以东的有证据的唯一文明，可能于前 1027 年为周朝所灭。罗伯兹所指的证据是安阳殷墟出土的甲骨文。

供职于美国伊利诺伊大学的斯塔尔（Chester G. Starr）等编的《世界史》（*A History of the World, 1964*）中说，中国的古代文明比美索不达米亚晚，是受到后者影响而发。中国的青铜器出现在前 1500 年左右，炼铁技术是 1 000 年后从西方传入的，从未有过毛制品和奶制品，中国古代文明是在商以后才迅速发展起来的。作者们说，商年代为 1523BC—1027BC，安阳出土文物是唯一的物证。

所有认知自己的祖国是五千年文明古国的炎黄子孙们，部分历史学家可能除外，对外国人这些说法会愤斥之为浅薄。读了几本现代中国人写的史书才明白，外国人的观念实来自中国历史学界自己的迷茫和纷乱。

太史公司马迁，览尽石室金匮，广采民间遗存，整齐百家杂语，网罗天下放失旧闻，深考论次，忍辱负重而作千秋《史记》。自清末以来，中国治史学者对前三篇，即《五帝本纪》《夏本纪》《殷本纪》，以及《书》《礼》等文献纪录，有信的，有疑的，有释的，也有根本否定的。作为外行读史，我从几本可靠的典书中摘记少许如下。

由毛主席倡议、周总理督编的《辞海》后附《中国历史纪年表》，是从西周共和元年开始的。

范文澜先生的《中国通史》，把五帝、夏都列为“传说”。夏、商的年代后画上了“?”（问号）。夏代遗迹视为“假设”。

郭老 1929 年曾断言：“《尚书》是开始于唐虞，《史记》是开始于黄帝，但这些都是靠不住的。商代才是中国历史真正的起头。”（《郭沫若全集》第一卷）

人民出版社在 1981 年出版的大学教科书《世界史·古代史》，有世界古代史比较表一张。前 21 世纪栏内有“禹传子启，夏朝建立”八个字。在前 17 世纪栏内也有“商汤灭夏，商朝建立”八字。表中不见了五帝，忽略了黄帝。

有近代史学家自称为疑古派，索性改名为“疑古”，与十宿道人形成对照。

历来有不同的意见。唐朝张守节作《史记正义》，认定中华文明从黄帝始，成为唐后 1 000 多年各代政治家和治史学者之共识。张守节还算出，从黄帝到西汉天汉四年共 2 413 年，即黄帝纪元始于前 2510 年。吴泽先生将商代断为前 1766 年至前 1122 年，共 644 年。他说：“过去许多人终是喜欢无条件疑古，好像夏殷周三代历史，‘文献不足’，‘靡得而记’，不能研究。就是‘正史’里的《尚书》《史记》等，有关夏代商代的历史纪事，也认为不足凭信。不作科学的考古，不触及史实，全盘取消，态度上是欠严谨的。”“《史记·殷本纪》所载帝王名字与甲骨文中所载殷帝王的名谥，差不多完全符合，就是世代的次序，也大体一致，无何差异。《殷本纪》所载殷帝王名谥、世次等，甲骨文字差不多都给以证明不误了。”（《中国历史大系·古代史》，棠棣出版社，1951 年）

尹达先生在一篇文章中说：“我国古代社会的传说里究竟是否全属伪造？在这些众说纷纭、似是而非的神话般的古史传说中是否有真正的社会历史的素地？”他认为，考古学的发展已经“充分证明这些神话的传说自有真正的史实素地，切不可一概抹煞”（见《尹达史学论著选集》，第 450 页；李学勤：《走出疑古时代》，第 23 页）。

最使炎黄子孙们迷惘的，莫过于忽略黄帝的存在。

陕西有黄帝陵，中华人文始祖的象征，近年正按国务院决定进行修葺。春秋以后 2 700 多年来，赴黄帝陵祭祖者络绎不绝。汉武先台，悠乎屹立。从秦文公（前 756 年）到清朝，历代帝王祭陵昭祖者史录 76 次，留存碑文 30 余方。

1894 年中日海战，清廷败签《马关条约》，割台湾予日本。台胞奋起抗争，抗日领袖邱逢甲“上书宰相毁苛约，落日来登黄帝陵”。

1937 年抗战爆发，毛泽东手书条文，向轩辕黄帝宣誓曰：“中华民国二十六年四月五日，苏维埃政府主席毛泽东、人民抗日红军总司令朱德敬派代表林祖涵，以鲜花时果之仪致祭于我中华民族始祖轩辕黄帝之陵。而致词曰：赫赫始祖，吾华肇造；胄衍祀绵，岳峨河浩。聪明睿知，光被遐荒；建此伟业，雄立东方。”条文最后说：“东等不才，剑履俱奋；万里崎岖，为国效命。频年苦斗，备历险夷；匈奴未灭，何以家为。”“民族阵线，救国良方，四万万众，坚决抵抗。民主共和，改革内政；亿兆一心，战则必胜。还我河山，卫我国权。此物此志，永矢勿谖。经武整军，昭告列祖；实鉴临之，皇天后土。尚飨。”

黄帝陵还存有鲁迅的诗句：“寄意寒星荃不察，我以我血荐轩辕。”是为1901年，八国联军攻占北京，清签《辛丑条约》后，鲁迅愤书于日本。

在炎黄子孙的眼里，古代那么多而详的关于黄帝的纪录，名谥世次、妻、子名姓俱全，史实清楚，可信可鉴。有些历史学家的著述与此迥然不同，很煞风景。

中国近代史上还有一重大事件，与中国古代史的研究直接有关。1905年孙中山建立同盟会，在东京办了《民报》。为与清朝划清界限，改用了从黄帝开始的纪年，把清光绪三十一年（1905）定义为“中国开国纪元4603年”。在首页印了“中国民族开国之始祖，世界第一民族主义大伟人黄帝”画像。1911年，辛亥革命成功，孙中山先生于12月29日被推选为临时大总统，正式决定中华民国改用按《民报》推算的黄帝纪年，通令全国执行。中华民国元年定为黄帝4609年。依此，黄帝纪元开始于前2698年。这大概是由当时在东京的史学家推算的，由于《民报》的威望，为多数革命家所接受。孙中山通电发出后，各省群起响应，各地报纸改用新纪年。但江苏的历史学家另有推算，认为 1911 年是黄帝 4402 年，江苏报纸采用了自己的纪年，比“法定”晚了 207 年。另有黄藻编辑的《黄帝魂》一书，初版于 1903 年，后多次出版，影响很大。其中刊出由别的历史学家推算的黄帝纪元，民国元年定为黄帝 4622 年，比法定纪元又早了 13 年。可见，当时各地历史学家众说纷纭，没有一致意见。后来，黄帝纪元没有用下去，不知史学界意见不一致是否是原因之一。

中国史学界对自己的古代史研究不够，在各种场合总令人不适。1994 年，我访问非洲，途经埃及，杨福昌大使陪我看了古埃及卢克索遗迹。1798 年，拿破仑入侵时发现的罗塞塔石碑上的象形文字，于 1822 年译出。经过 100 多年的研究，埃及古代史断代已基本解决。法、英、德国的考古学家做出了不小贡献。古王朝（3200—2700 BC）的纪年是粗估。第 III 王朝孟菲斯时代（2750 BC）精度为数十年。第 V — VI 王朝的赫利波利斯时代（2400—2375 BC）精度达到十年以内。第 VII — X 王朝以后（2280—1786 BC）精度已为数年。第 XII 王朝（1991—1786 BC）共 213 年，是帕克（R. Parker）据古文献纪录：某王登位的第 7 年第 8 个月第 16 天天狼星在东方升起时的月相计算出来的，标明精度为 ±6 年。中国“三代以上，人人知天文”（清·顾炎武语），中国天文学家为何不根据中国丰富的古代天文纪录算出夏商周三代纪年？

1995年，我访问以色列，认识了以科学院副院长特德莫（H. Tadmor）。他是亚述学家，中东和以色列古代史专家。他出生于哈尔滨，视中国为半个故乡，对中国古代史兴致很浓。他给了我一份材料，对我说，由于19世纪中叶识译了亚述巴尼拔（668—625 BC）王官馆藏泥版文书上的楔形文字，借助天文学，解决了古巴比伦王国阿卡德（2378—2371 BC）以后的精确纪年。对古亚述（3100—1600 BC）是粗估。巴比伦第一王朝第十个王的在位时间是由天文学家根据对金星的文献纪录算出来的（H. Tadmor：*The World History of Jewish People，Vol. II*，Israel，1971）。特德莫最近还来信表示愿参加中国古代史纪年研究。席泽宗先生的《科学史八讲》中有关于巴比伦王国第六王汉谟拉比（Hammurabi）在位时间的天文计算情况。

中国古代史的研究与古埃及和两河流域相差如此之大，引起社会各界不安。近几年，民间巷里，科技团体，怏史学界之迟疑，怨众贤之踌躇，无奈自编三代纪年。河南新郑，“黄帝故里”，自制黄帝纪年，国内外抄录者纷至沓来。王光英副委员长给我一张中英文对照纪年表，定夏为2205—1766 BC，据说是广州某公司所印，广为传播。青岛化工学院一位工程师拟出版研究成果“历史纪年表”。袁晓园女士最近疾呼史学界勘定黄帝纪年作为中国参考纪元（《光明日报》，1995年1月2日）。冰积泉涌，激扬风起，反映了社会各界的急切。

今天启动夏商周断代工程，有条件大大缩短这个差距，以飨社会之急需。

首先，新中国考古工作取得了巨大成就。近几十年，仰韶晚期（3000 BC）、大汶口晚期（2800—2400 BC）、百多处龙山文化遗迹（2800—2000 BC）和二里头夏代文化的重大发现，为古代研究提供了全新的视野和佐证。

哈佛大学的张光直先生认为，考古学对中国历史最大的贡献应在三代史上，这是中国考古中最主要的关键问题之一。（张光直：《中国青铜时代》，34 页。三联书店，1983）考古学家们若近期集中力量于三代，必能做出新的突破性贡献。

天文学能提供比过去更强有力的支持。现在计算机能力很强，任何有规律可寻的古代天文现象纪录都可以极快地算出。紫金山天文台张培瑜先生已编出《3500 年历日天象》（1990 年版），记 1500 BC—2052 AD 的合朔、满月、分至、八节、日蚀表。倘若用他的计算程序，向前再推 1 500 年，不会费太大力气。

席泽宗先生给我的一份材料中也提到，张钰哲先生曾认定《淮南子》所记“武王伐纣，彗星出，而授殷人其柄”，当发生在前 1057 年 3 月 14 日哈雷彗星回归之时。贵州工学院葛真先生 1980 年核算《竹书纪年》中“懿王元年，天再旦于郑”，当为 899 BC 或 925 BC 某日之晨的日蚀。美国加州理工学院彭瓞均、洛杉矶加州大学周鸿翔及英国德兰姆大学（Univ. of Durham）邱锦程合作计算，是前 899 年 4 月 21 日凌晨 5 时 48 分发生日蚀，陕西一带可见。台湾“清华大学”黄一农先生核算古文献所记，夏禹时“星累累若贯珠，焕焕如连璧”，是发生于前 1953 年 2 月 16 日至 3 月 9 日，五大行星同时可见于张角小于 4.3 度的天空。这与美国班大卫（David W. Pankenier）于 1982 年的计算相同。班曾提议把夏初定为 1953 BC。

研究三代史，需要建立一个年代座标系，确定一些纪年座标点，天文学家们能够为此做出极有价值的计算。

席泽宗先生说得好，彻底解决三代断代问题，要考古、历史和天文、计算专家合作，经过艰苦努力，定能做出成绩。

现代物理学对考古可以提供比过去更多、更有力的帮助。碳 -14、钾氩、铀系、穆斯堡尔谱、中子活化、热释光、古地磁、氧同位素比等现代断代技术已广泛采用。中科院古脊椎动物与古人类研究所、中国社会科学院考古所、北京大学等单位的考古学家和物理学家做出过很大贡献，积累了丰富的经验。北京大学近年建成了加速器质谱仪（AMS），20 世纪 80 年代初中国原子能科学研究院研制的串联加速器质谱仪投入运行，这些新的装备为科学考古工作提供了强大的科学武器。

党中央、国务院始终十分重视中国的历史研究和考古工作。中华人民共和国成立伊始，发布了一系列关于保护和发掘历史文物的法令和规范，建立了管理和研究机构，培训考古人员。在大学设专业，培养高级人才，开展了新的考古发掘工作。经过几十年的努力，我们已经有了比较强大的考古和历史研究队伍和科学力量。仅考古研究单位就有 50 多个、1 600 多人，与发达国家相比也毫不逊色。

经过 100 多年数代人的努力，特别是最近 40 多年卓有成效的工作，中国的古代史研究已取得极其丰富的成就。处于世纪之交的“九五”期间，应该做一个总结，对三代纪年这个关键问题归纳出一个轮廓。

对这一工程的实施，我冒昧提出下列建议，供大家参考。

第一，要突出重点，有所为，有所不为，集中精力于关键问题。五千年的文明史，渊邃浩瀚，是长远的研究对象，有取之不尽的研究题材。当前对社会影响最大的是三代纪年问题。欲五年完成，时间很短。应集中精力于总结近几十年考古发掘、甲骨、金文、竹书等新的考古和历史科学研究成就。必要时，可部署新的发掘，对重点遗迹文物，集中力量进行研究。当前资源有限，须有效利用。面不宜铺得太大，可有可无的项目暂时不做。对主题关系不大的研究、试验、发掘等可留给后人，他们会做得更好。

第二，提倡社会科学与自然科学相结合。毫无疑问，完成此工程主要靠历史和考古学家，自然科学有关专家应参与协同。可综合调度使用我国已建成的物理、化学、地学、天文学等现代设施。除确系必要者外，能不新建的不必新建。计划定得太大，会影响预定目标的实现。

第三，实施断代工程，宜集中注意力于任务目标，不再引发大的辩论。有些学术问题已辩论了 100 年。周谷老告诉我，若是过去，这题目本身就要引起争论。科学的发展离不开社会进步潮流的推动。“甚至那些纯粹的自然科学也只是由于工业、商业和人们的感性活动才达到自己的目的和获得材料的。”（马克思、恩格斯：《德意志意识形态》）就连进化论和万有引力定律的发现都不能例外。（见 E. Mayr：*The Growth of Biological Thought*，P. 501，1982；席泽宗：《科学史八讲》，科学史的纵深发展，第 12 页）。在伟大革命时期，推翻帝制、涤荡封建、扫除荒秽、批判旧文化的大潮中，与社会政治、经济联系密切的历史研究，必带有时代的特征。50 年前的历史学家掌握的资料不如现在多，尚不知夏也有文字、青铜器和城市，还没有现代科学方法。鲁迅说过，有些事前人不知道，后人用不着替他们惭愧，也用不着隐讳。有人嘲笑古代神话是迷信，或一切新学说皆必来自承袭，这与蔑视古代文化没有什么两样。（鲁迅：《科学史教篇》，《全集》卷一）郭沫若后来高度评价 20 世纪 50 年代西安半坡古文字雏形的发现（2800—2100 BC），认为这是汉字的起源。他称河南偃师二里头的考古发现（2000—1500 BC）“为探索夏文化提供了重要线索”（郭沫若主编：《中国史稿》，第二编，1976 年）。郭老的科学精神是很值得赞扬和效法的。

第四，坚持重大科学问题上的民主集中制原则。我赞成成立三个工作组，分别研究夏、商、周三代。工程后期每一工作组都应提出一份研究报告，再由专家组在首席科学家的主持下，提出综合报告，应尽量达成一致意见。如有异议，允许保留，不必强求一致，以多数通过为准。最后，提交全国性学术团体讨论，多数通过后发布，报国家备案。这大致是地质学断代标准文件的起草、讨论和通过发布的程序。地学界的做法行之有效，很值得参考。

不能设想这会是“最后的真理”。它只能是对中国古代史最新研究的一个总结。经多数科学家通过并发布后，即可为今后的国内外的历史研究、教学和社会各方面提供一个到目前为止比较可靠的、可使用的系统纪年（chronicle，synchronism）。如果以后有新的发现、新的证据或新的研究结果，随时可以通过类似程序予以修改，向全社会公布新表。这样做，符合学术民主精神和双百方针，也符合重大科学决策上的民主集中制原则。这样，中国的历史科学就能在统一社会文化、教育以至政治、外交事务等方面提供比较可靠的科学依据。

三代断代工程中未包括五帝时期。辛亥革命时期倡议的黄帝纪元是否能肯定？轩辕黄帝的年代是否能确定？炎黄子孙们寄希望于历史学家和考古学家能做出科学结论。如果难度很大，不妨留给后人。无论如何，只有在夏、商、周纪年确定以后，人们才有可能集中力量考察 2200 BC 以前的事。在现代数学中，有一种研究命题叫“不等式边界改进”。现在看到的记述是：“五帝，约前26世纪初——约前22世纪末至约前21世纪初。”（见中国社会科学院编《现代汉语词典》附录：我国历代纪元表）这里用了三个“约”字，其实都可去掉。按现代科学界的约定俗成，写成2600 BC—2200 BC，人们都会理解，只有最后一个非零位才是准确的。上述写法等价于2600±99 BC—2200±99 BC。这就是今天在古埃及和古巴比伦纪年中实为约而不用“约”字的原因。无论如何，能去掉一个“约”字，或把下界定出来，也是很大的功绩了。

附：

致周谷城副委员长求教

周谷老：

知您大为康复，科学界不胜欣慰，故以崇敬之诚，冒昧报诉近事如下。

为推动中国古代史的系统研究，促进社会科学与自然科学结合，拟于“九五”发起“夏商周断代工程”，将中国古代推至夏初，比2000年前司马迁所记西周共和元年（公元前841）前推1400年，以缩短中国古代史与埃及学、亚述学等差距。自然科学，特别是天文学、放射性物理学等可大规模介入并提供帮助。古书古迹关于天文现象记录，可成为新一轮研究起点，精密确定夏初（“五星联珠”）、周初（“一日再旦”）的纪元。碳-14断代有可能精确测定殷墟、郑州商城的年代。物理学家告，精度可达±20年。此项工程的完成，可能补足中国古代史研究之遗阙，从而减少“疑古”的范围。已聘请四位首席科学家，另邀当代少长群贤参与工作。期望“九五”完成，公之诸世。

现奉上《会议纪要》一份，呈您阅示。仰慕中国史和世界史研究的先驱和巨擘，伫望得到的您的指点。

时值严冬，衷望为国珍摄。敬祝跨越三纪，益寿齐彭，创科学时代之新峰。

敬颂

大安

宋健

1996年1月20日

附：

周谷城副委员长复函

尊敬的宋主委：承赐

教言，无任荣幸。兹特不揣冒昧，略抒喜悦之意：

一，夏商周断代工程，重要伟大。过去无人敢提，今天主委宋公，高瞻远瞩，言近旨远，登高一呼，史学界皆大欢喜。谷城坚决拥护。

二，将古史年代向上延升至夏初，令人敬服。过去如讲向上延升，定遭打击，今则可以畅所欲言矣。

三，所有工作难度都大，但自然科学家与社会科学家合力攻关，政府支持，不出数年之后，当有大成。先此预祝，谨致敬礼。

周谷城上

1996 年 2 月于沪

酬断代工程初遂

（2000）

“夏商周断代工程”初战告遂，新发现不少，收效甚丰。商周纪年推前了500年（盘庚迁都前1300年到西周共和前841年），科学界为之振奋，一致推举为1999年中国十大科学成就之一。

“断代工程”难度很大，这是可以预想到的。关于中国古代史，已经争论了2 000多年。孔子写“春秋”242年，就战战兢兢，“知我者春秋，罪我者春秋”。司马迁称《史记》为“一家之言”，他也没有绝对把握。2 000多年里，每到一个兴旺的时代，庙堂民间，就有人出来说话，耿耿于怀，不少人为此耗尽一生。到了20世纪初，在革命洪流中，“打倒孔家店”，把古代典籍中的精华与糟粕一起拔掉。那种革命的激情，自有它的理由。夏商周距今已3 000多年，对中国古代史进行系统的、全面的科学研究，一直没有人做过。这次参与“断代工程”的170多位学者，以历史学家、考古学家为主力，天文学家、物理学家、数学家也做出了贡献。领导“断代工程”的首席科学家李学勤、李伯谦、席泽宗、仇士华，齐心协力，按系统工程的办法，成功地组织领导了这一工程的实施，受到学界的尊敬和赞扬。北大和考古所的碳 -14 测年工作贡献特别大。席泽宗院士花了很多心血，在实施过程中通过与自然科学方面的结合，取得了很好的成效。历史科学是中国现代科学事业中一个重要的组成部分，科学界都理所当然表示关注。大家都认为“断代工程”意义重大，是中国近年来的重大科技成就。周谷城先生曾说：“立题本身就是成就，几十年前讲这个问题都不可能。”这件事能够做到今天，离不开科技部、基金委的支持。应该特别感谢中国社科院的领导和科学家们，因为中国社科院是主力，承担这个任务很不容易。

从长远看，“断代工程”还仅仅是对中国古代史进行系统、科学研究的开端。中国古代史，延伸到远古史，还有很多问题，有待进一步研究。最近，有不少生物学家提出，亚洲人，包括中国人在内，都是从非洲来的。那是从分子生物学基因进化分析中进行推理提出的科学假设。也有古人类学家主张，亚洲，包括中国在内，也可能是现代智人的发源地。最近，中国科学家在溧阳、垣曲发现了 4 000 万年前的曙猿化石（Eosimias Sinensis），比在埃及找到的类似化石还早 500 万年。原来认为，1 000 万年前的第三纪中生世的猴子祖先的化石，只在非洲发现过。人是猴子变的，我们都是它的后代。现在，中国也找到了猴子祖先的化石。近几年，中国科学家还在湖北的龙骨洞发现 170 万年前人类用过的石器工具。这些新发现在《科学》（*Science*）和《自然》（*Nature*）杂志上刊登后，引起世界科学界的重视。不用说几百万年以前人类的远古史，就是1万年前石器时代的历史，也有很多问题需要研究。过去认为水稻是从地中海一带传过来的，然而在中国找到了1万年前的稻谷遗存，毫无疑问地证明那时中国已经种植水稻了。1万年前，能有人把稻种从欧洲传来东亚，很难令人信服。如果有人提出中国是水稻发源地之一的假说，至少已有少量事实见证。现代中国人的祖先来自何处这类远古史问题，现在是人类学家研究的热点问题。

和其他学科一样，研究古代史，必须依靠科学事实，坚持科学精神，运用科学方法，进行真正的、实事求是的科学研究。科学研究的任务是发现新事实，找出新的、规律性的东西，提出新理论，为人类知识宝库增添新内容。没有年代的历史，等于没有历史，只能称为传说或神话，而不是科学意义上的古代史。众多的欧洲历史学家和考古学家一直在研究、考察《荷马史诗》中的历史遗存和作者身世，从传说中找到科学事实，把古代传说中被科学证明了的东西纳入到古代史中。“夏商周断代工程”所研究的主题比荷马时代更久远，因而更有科学意义，任务也更艰巨。

2000多年来，研究古代史的人们为追求真理，常孤身奋斗，发奋而为，求留一家之言。“断代工程”的研究方法与过去根本不同。有170多位科学家联合起来，按9个课题、40多个专题展开，分工合作，随时进行综合集成。这是中国历史上第一次把历史学界和自然科学界众多专家团结起来，为了共同的目标，为一个“工程”而共同奋斗。只有在这种情况下，才能对比较成熟而容易取得突破的古代史问题，较快做出有根据又比较合理的纪年学。现在得出的最早的、确切的古代史纪年，要比《史记》的记录前推近 800 年。

全国科学界都热切地注视着“断代工程”的进展。老一代科学家们还提出了重要建议：当前最重要的是科学地建立一个古代史框架。全世界都在用公元纪年，人们至今并不确切知道耶稣一定是公元零年生的。自然科学家们认为，以碳 -14 测年分辨率来确定古代历史的年代，有 10—20 年的误差应该是可以接受的。定出最可能的年代而标出误差范围，是现代科学研究中普遍采用的科学方法。在自然科学中，是以概率论为基础，依据“置信度”大小来断定某一事实的。这将为以后的研究、改进留下很大空间。任何人如果以后发现新的证据，找到更准确的结论，现在认识中有不对的就应该改正，这就是科学态度。

很多关心古代史研究的人写信对“断代工程”给以诚恳指教。我看到，负责“断代工程”的科学家们对社会各界的关注和垂教表示感谢。也有人对当代历史学家研究古代史的资格提出质疑，我觉得这是一个科学原则问题，很值得讨论。中华民族的历史，应属于各代人民，每代人都有权研究和继承中华民族的历史遗产，每一代人都有权利和责任，去学习、去研究、去发现，以至提出新的理论和诠释。历史长河，世代相续。我们走了以后，下一代人就会把这个遗产接过去，成为他们的财富和知识源泉。只有在自由讨论、百家争鸣的环境中，科学才能进步。不能说上一代人研究过的问题，下一代人不能动，这不能成立。任何一门科学都是人类知识的长期积累，每代人都是科学的主人，都有责任、有义务为科学事业的发展进步、为科学大厦的壮丽做出自己的贡献。

20 世纪最伟大的科学家爱因斯坦，曾不认为以概率论为基础的量子力学能正确反映自然规律。他有句名言：上帝不是靠掷骰子创造了世界。但是，欧洲当时的青年科学家们坚持研究，创立和发展了量子力学这个非常重要的学科，成了当今几乎所有科学里的基础科学。原子能、微电子、激光、化工、仪表，以至空间和宇宙科学，都须臾离不开量子力学。人类认识自然和社会的能力总是不断提高的，每一代人都有责任和能力推动科学的进步。历史科学也不可能例外。20 世纪以前，那时还没有放射性同位素测年技术，更没有电子计算机，没有现代科学的条件。例如，那时就无法证明，古代文献记载的夏初发生过的“星累累如贯珠，焕焕如连璧”这个天文时间发生于前 1953 年。现代科学技术的进步必然会为古代史研究提供新的方法、工具，从而做出新的贡献。历史科学也要随着现代科技的进步而前进。再下一代人写中国古代史，会比现在写得更好，应该鼓励和支持青年人学习和研究历史。只要把它作为一门科学来研究，大家重视、支持，坚持“百花齐放、百家争鸣”的方针，就会有一代又一代的青年历史学家把中国古代史研究推向前进。

对“断代工程”，外国报刊发表了不少评论，赞成的，反对的，甚至恶言詈语都有，如有人诬“断代工程”煽动“民族主义”。外国人这么说，我觉得不必太在意。罗斯福的夫人爱伦娜·罗斯福说过一句话：“世界上的事，只要你认为是应该做的，你就去做，不要管别人怎么说。因为你做他要骂你，你不做他更骂你。”事情真是这样，她的观察很准确。中国有了原子弹、氢弹、核潜艇，他说是你偷的。发射火箭、卫星成功了，也说是偷了他的技术。如果什么都不会做，那就骂你是“东亚病夫”“一盘散沙”。所以，我觉得外国人这么说，更不待说有些政客和附势者的恶言，不必太在乎，管他们怎么说！英国数学家、哲学家、诺贝尔文学奖得主罗素，1919 年至 1921 年在北京大学做过哲学教授，曾对北大的学生说：“中国人要明白，中国人的利益和世界上强国的利益极少一致，如果有一致的地方，那是偶然的巧合。中国人必须自己团结起来奋斗，才有出路。”（见罗素 The *Problem of China*, 1993）他讲得可能过于尖锐。我们不能光听别人怎么说，否则，什么事都不要做了。关于中国古代史，世界各国近年出版的《世界史》和大、中学使用的主流教科书都说，中国的古代史是从商代开始。包括罗素在内，他也认为中国的历史是从商代开始，真正有纪元的历史是从前722年开始的。他是取自《春秋》鲁隐公元年，连前841年都没提到。中国人研究自己的祖先、研究自己的民族的历史，有什么错误？有些外国自由撰稿人写评论说，“夏商周断代工程”是搞“民族主义”。这种闲言碎语，不屑恤虑，更不可为之心烦。有的人别有用心，不怀好意。也有人是善意，提些建议，我们应该认真听，加强交流，增进理解。

有一件事可以佐证上述信念的确当。20世纪50年代，中国决定采用拉丁字母做汉字的拼音注音，把中国人的姓名和城市名称都用新拼音法书写。当时有人反对，说这是中国搞“民族主义”的表现。新中国恢复在联合国的合法地位后，联合国决定，所有中国地名和姓名都用中国自己的拼音字书写，定为国际标准。美国国会图书馆带头用拼音改编书目。

作为科学研究，我们应该做的必须做，不要管别人怎么说。“中国的历史是从商代开始的。”这个观念是中国人自己先说出来，外国人再学过去的。我们不能苛求前人。所以，不管外国人怎么说，自己的研究工作必须继续进行。对那些好心提供帮助的人、从科学意义上提出过建议的人，特别是对古代史研究做出过贡献的人，应该尊重，给予肯定和表彰。这是我们必须坚持的科学道德和科学态度。

目前的当务之急是尽快把“断代工程”的研究成果付梓出版，中、英文版都应该有。希望主持这项工作的首席科学家和参与课题和专题研究的科学家们，都能撰写综合性和专题性论文，在科学杂志上发表，与全社会分享新知，同时承担责任。

“断代工程”是一项科研工程，以学术研究成果形式发表，顺理成章。得到学术界的认同和支持以后，当可推荐引用。现在，教科书中的年代学问号很多，可否参照“断代工程”的成果改一改，当待智者酌决。

古年代学对社会各界所产生的影响，早已有目共睹。最近看到一位美国朋友在南京演讲时，特别提及《回忆赛珍珠》（*Robert Temple：My Memories of pearl Buck*，June 18，1998），并生动地说明古年代学对社会问题以至国际政治可能产生的作用。赛珍珠生在中国，曾任中央大学教授，在20世纪30年代获得诺贝尔文学奖。1962年，她在美国费城的一个会上说：“各位，我知道中国，我在中国住过很多年，我在南京教过书，那里有很多朋友。我还记得我那些非常优秀的学生们，他们是在如何勤勉奋斗、努力学习，掌握现代知识。”“时常有人问，为什么这么高比例的中国人是卓越的人呢？就是因为他们的历史很久。”“今年是黄帝纪元4660年。在4600多年中，中国人一代一代地经历过苦难、贫困、死亡，只有最强的人、最聪明的人才能生存下来。”“我很信仰达尔文的进化论。现在留下的中国人都是非常优秀的、杰出的、伟大的、值得尊敬的人。”她进一步引申说：“中国人是人类历史上杰出的一个民族。现在，他们拼命地搞现代化建设，搞工业化建设。你们可以相信，他们会以闪电般的速度完成他们的工业化和现代化建设。”“我认为美国对中国的政策诚然是错误的。几年前，美国把通向中国的大门关闭了，应该尽快地开放，要和他们交流、对话。可以提建议、提批评，不能这样绝交。我相信，这件事必须在最近完成，否则是对一个伟大民族的污辱。”仅10年后，赛珍珠的预言就实现了。她的这段话在报章上发表后，当时在美国引起不小的震动。赛珍珠记住了孙中山定义的黄帝纪元。

年代学对人类和世界的影响是潜在的、多方面的。无论哪个民族，人们总想知道他们的历史，了解祖先们是怎么走过来的，前覆后鉴，知故创新。这不是什么“民族主义”，而是人类共有的禀赋和文明的觉醒。

美国前总统克林顿对北爱尔兰的事态特别关切，因为他的祖上是北爱尔兰人，他还到那里祭过祖。2000年，菲律宾总统埃斯特拉达在访华期间，专程到福建晋江罗山镇郭村，参加为菲律宾国父、民族英雄黎刹竖塑像的奠基仪式。黎刹的高祖父在清初从晋江远渡菲律宾定居。鲁迅曾写道，从黎刹的作品中，听到了“真挚壮烈悲凉的爱国者的声音”。梁启超曾把黎刹的就义绝命诗译成中文发表。菲律宾总统决意到异国为国父寻根问祖，其义堪道，其情可敬。

爱国爱族和念祖之心是人之常情，人人皆有。研究自己人民的历史是科学界的责任和义务，绝无可非。关于中国古代史，应该坚定不移地继续研究下去。特别希望下一代人、年轻的历史学家们，不恤闲言，勇往直前，续攀科学高峰，超过前人，在科学上取得更大的突破。

注：2000 年 9 月 29 日出版的《科学时报》编者按说：4 年前，宋健倡议实施“夏商周断代工程”，得到了史学泰斗周谷城等人的积极响应。2000 年 9 月 15 日，该工程在北京通过专家验收，课题组提出的《夏商周年表》就前 841 年以前 1200 多年朝代更迭的时间做出了初步结论。然而，此项重大科学研究却被某些外国报刊诬蔑为“煽动民族主义”等。对此，宋健撰文指出，中国人应该研究中国人的历史，而且要一代接一代地研究。对于任何好的建议，要给予尊重和采纳；但对恶语中伤，则不必在意。不管外国人怎么说，自己的科研项目必须继续进行。他还建议，当务之急是尽快把研究成果付梓出版，让全社会分享新知。

题颂曾庆存院士诗集《华夏钟情》出版

（2001）

谒金门·任凭风浪宕跌

芭蕉绿，兰白菡红莳蒴。秦岭珠峰都无奈，黄沙西风烈。

大气海洋人寰，飓风惊涛蔽月。许身科教兴国业，任风浪宕跌。

西江月·治风沙

榕樟草木葱茏，江南山青水绿。珠峰阻断北雨雪，西风黄沙凄冽。

飓风海啸尘暴，偶势山崩地坼。冀望科技驭风沙，壮士睿志如铁。

致敬罗沛霖院士

（2003）

抗战烽烟起，壮歌投红军。
择机越洋去，负笈研电讯。
迎接新中国，旋踵归北京。
参奠电子业，军民共享融。
先驱肇苦功，铺路沁后生。
衷愿天赐福，兴国需劲松。

注：罗沛霖(1912—2011),中国科学院、中国工程院两院院士。1935年上海交通大学毕业。1938年赴延安参加革命，参与创建延安通信器材厂。1948—1950去美国加州理工学院进修，获荣誉博士学位。中华人民共和国成立后立即回国，参与组建中国电子学科研机构和工业基础。历任二机部、四机部副总工程师、科技委领导等工作。为中国电子电信、雷达、电子计算机研产做出了重要贡献。1980年当选中国科学院学部委员。1994年参与筹建中国工程院，聘为创院院士。此文为奉祝罗沛霖院士九十寿辰。

不吝春风

——贺张嗣瀛院士八十寿辰

（2005）

列宁山上初识荆，
莫大学府立程门。
天公不吝春风再，
桃李成蹊情更深。

注：1957 年，张嗣瀛教授在莫斯科大学数学系进修控制论。笔者还在莫斯科鲍曼高工读四年级，曾到列宁山上求教，从此成终生师友。

浣溪沙·航天垂芳名

——纪念黄纬禄院士

（2011）

河汉添星东方红，波浪涌处腾巨龙，“嫦娥”登月访桂宫。

莫嗟蜀道难攀登，麾下控制旅太空，航天青史垂芳名。

注：黄纬禄院士（1916—2011）是中国航天事业第一代“两弹一星”功勋科学家。1956—1990 年担任东风系列运载火箭控制系统总设计师，第一代核动力潜艇发射的核武导弹巨浪 1 号总设计师。

20 世纪 90 年代初的一次总结表彰大会上，作者向黄维禄院士表示祝贺

渔家傲·求真

（2010）

古贤乐天放箴言，试玉要烧三日满，辨材须待期七年。今犹古，某公至死不知心。

尝恋算学千缕谜，哥猜悱恻三世纪，[①]费理苦思两百春。[②]汉河外，万古迢迢不知边。

注：

①德国数学家哥德巴赫（Goldbach，1690—1764）于1724年提出猜想：一切大于2的偶整数都由两个素数的和构成（称为1+1）。至今300年未得到证明。最接近猜想的成就是中国数学家陈景润（1966）证明了（1+2），即大于2的偶整数有一个素数与两个素数的积的和构成。（1+1）的猜想至今未有证明。

②法国数学家费马（Fermat Pierrde，1601−1665）于1742年提出了一个“最后定理”：代数方程 $x^n+y^n=z^n$，当 $n > 2$ 时，没有整数解。1994年，有人宣布证明了此定理（Andrew Wiles），但尚未获得普遍承认。

忆秦娥·公理

（2012）

辨天道，先贤穷经凭皓发。卫公理，义士殉道，英烈血洒。

公理嬗变定律阙，至理迷茫在杳涯。大爆炸，阴能暗物，弦论难察。

科探无止境

（2013）

日月丽天鉴史乘，
社稷永续换代频。
科探新知无止境，
今昔公理不绝伦。

浪淘沙·青史无限

（2019，北戴河）

昨宵雷暴雨，孤竹幽燕[1]。依稀闻齐夷呜咽，桓公马嘶[2]，魏武咏[3]，塔山硝烟[4]。

华夏五千年，百祚摇落，社稷永续无终颜。不尽长江滚滚流，青史无限。

注：

①前 1045 年，孤竹国（今秦皇岛市卢龙县）叔齐、伯夷拒受王位，逃周，哭阻周武王伐纣，未果。隐居于首阳山上，不食周粟而饿死。

②前 662 年，齐桓公姜小白应燕王邀出兵伐北戎。兵过无棣，翻燕山，灭孤竹国后回师。

③曹操于 243 年率兵东征，东临碣石有遗歌《观沧海》。

④辽沈战役，东北野战军于 1948 年 10 月 16 日攻克锦州。四纵和十一纵在塔山阻击蒋军东进兵团，激战 6 昼夜，击退敌军 10 个师的救援锦州计划。

科学探索无竟时

（2006）

文艺复兴以来，人类逐步摆脱了非理性观念的桎梏，走上了实验科学的理性道路。经过400多年的艰难历程，学会了理性思维，看穿了大自然的若干奥秘，增强了人类驾驭大自然的能力，推动了现代科学技术的发展。“知识就是力量”（Francis Bacon，1561—1624）终成人类共识。20世纪以前，研究科学的动力多来自科学家个人的好奇心，20世纪情况发生了重大变化。由于科学对国家的强盛、经济发展和人民福祉有根本性作用，各国政府和社会团体争相建立有组织的科学研究体系，由政府出面领导和筹划科学研究事业的发展，实施“大科学”工程，实行全民科学教育和推广应用，推动了20世纪科学技术的大突破、大发展，使人类社会全面进入了知识经济时代，或谓高科技时代，使每一个人都能分享科学的恩惠。

与地球上出现生命以来的30多亿年历史相比，人类理性思维能力的出现不超过10万年，仅占地球生命史的十万分之一。

真正现代科学的出现才400多年。人类还太年轻，自然科学的资历尚浅，阅历尚窄。科学技术的出现有如发生在昨天晚上的事，在地球生命史上只是一刹那。尽管人类已积累了浩瀚的有关大自然的知识，万卷不足罄，但积累时间还是太短。从哥白尼（Copernicus，Nicolas，1473—1543）发表《天体运行论》（1543 AD）至今，从九大行星中被开除的冥王星绕太阳走了不足两圈。人类的远祖哺乳类动物出世到现在不到2亿年里，太阳携诸行星绕银河系中心转了还不到一圈。有些科学理论，不论是经典的，还是现代的，仍可认为是急就章。例如，被列为宇宙标准模型的“宇宙大爆炸创生论”，尽管其推论大致与物理定律相洽，与天文观测一致，但没人能说明大爆炸奇点的来历，偌大宇宙的质能都冒自这个奇点的爆发终不能为人们信服。物理学家们只好谑请与其争吵了400多年的对手——上帝来帮忙：把提这类问题的人都送入地狱。

20世纪下半叶，出现了航天技术，为人们提供了到地外观察太阳系和宇宙空间的可能性。在这以前，我们对自然界的认识都囿于地球表面。载人的和不载人的空间探测，肯定了大部分以前从地球表面观测到诸现象的解释和规律——物理定律，同时对原有科学体系也带来了冲击和挑战。例如，50年前很少有人相信，生命可能在太外其他星球上发生。虽然至今在地球以外仍未发现生命存在的证据，科学界主流已逐步认同或默许探测外星存在生命这种活动的科学价值。太阳不过是银河系中一千多亿颗恒星中很平凡的一个，地球在太阳系中地位并不特殊，最多是较幸运的一个罢了。不管现代科学显得多么伟大，科学大厦多么宏伟，它的基石是地球表面，我们的视野和接触范围仅是太阳系，更不要说无限宇宙中的一个角落。一旦人类走出地球，眼界必会大开，必然会发现现有科学框架所不能包含的事物和现象，迫使人们去建立新概念，提出新假设，创造新理论，或修改旧理论，像量子力学对牛顿力学那样。

古人类学已有足够的证据说明，人类的祖先于数百万年前与人超科（Hominoidea）中的近亲林猿科（Hylobatidae，lesser apes）和猩猩科（Pongidae，great apes）中的同类分道扬镳，各自走上了自己的进化道路。现代人类（Homo sapiens）是第一个获得理性思维能力的群体。我们有资格为此骄傲，用大写的“人”字自诩。人类的活动从未脱离动物界生存竞争的现实。科学也一样，至今仍然宣布为人类谋利益是最高原则，主流观念和行为都以自己为中心。哥白尼以前太阳和星辰必须绕地球转，地球上的一切都是为亚当的后代而存在。大众要服从天子，猴群要服从猴王。200 年的民主运动仍没有彻底改变从祖先遗传的弱肉强食的森林法则（Law of the Jungle）。科学中有一个雅名叫“人择原理”（anthropic principle）的规则，一切科学定律都应对人的生存和发展有利，否则有违犯伦理道德之嫌，遭到政治、宗教和世俗的反对。布鲁诺（Bruno，Giordano，1548—1600）被烧死，伽利略（Galilei，Galileo，1564—1642）被判终生监禁，马丁·路德·金（King Martin Luther，Jr. 1929—1968）被暗杀，马寅初（1882—1982）被“大批判”等，都与“人择原理”有关。20世纪以后，形势有了喜人的变化。证明了恒星中的核反应机理和太阳50亿年后必定熄灭的物理学家们，不但没有受到惩罚，而且分别获得了诺贝尔奖。他们的结论是太阳必灭，地球上生命必消亡，彼时人类如果不会逃脱或迁移的话，也将灭绝。这种可怕的前景与人类的长远利益和根本利益相悖，这类科学理论居然能为社会平静地接受，说明“人择原理”的影响已逐步减小，人类社会已经成熟了一点，能够超脱地看待科学真理。但是，人类始终是动物界的一员，有人称为“裸猿”（Naked ape），不长毛的猿。要摆脱生物界遗传给我们的习性和气质还需要很长的时间，或者根本不可能。

延续2 500多年的儒家文化中形成的亲、尊、长、幼，君、臣、父、子，逐级服从的社会风尚，往往钳制着人们勇敢地去面对科学。孩子们必须服从父母；学生必须相信老师所讲的一切；隳弃师说，与叛同科；对教科书上的东西不能置疑；古训不可悖，权威不能怠。已有的科学定律不准讨论或修改。试卷设标准答案，不允许考生有所发挥。这些都与现代科学精神不尽相容。激励青年和后代参与讨论，反复进行实验，从不同角度观察事物，力求有新的发现，提出新的假设，创立新的理论，是发展科学和技术进步的唯一正确道路。

我们已积累的科学知识、现有的科学理论和定律不可避免地带有相对性，至少是因为视野还太小，经历还太短。现代科学技术所触及的范围仅仅是地球表面和近地空间。我们对海洋深处、地球内部、太阳系边沿、银河系和河外星系，以至于人类自己的智能思维都知之甚少。

已有知识的相对性还因为对每一类自然现象的解释可以有多种不同的假设，只要自洽又与其他理论和实验结果相容就可以成立。19 世纪末到 20 世纪上半叶，关于原子核模型就有三种：液滴模型、壳层模型和综合模型。它们彼此相容，各有千秋，相互补充，难分伯仲，都被物理学继续引用至今。即使是很完美的理论、模型或定律都不可能是最后的真理，终极真理还在极远处。我们只能逐步接近，而不可能一蹴而至，达到终点。地球的生态寿命还有 50 亿年，如果不被小行星撞翻的话，人类的科学事业还要发展数十亿年。即使地球毁灭了，人类也有可能迁往别处，使智慧生命的火炬不至熄灭，继续照耀着银河系。科学不可能预测这么远的未来，只可能指出未来发展的方向和道路。

关爱科学已成为人类社会的良好风尚。尊敬和爱戴包括老科学家在内的先驱前贤是东方文明的美德。但是，科学并不仅是属于哪一代人的财富。人类不能违抗生物界的自然规律，个体寿命苦短，永恒要靠换代延续。每过几十年，宏伟的科学事业将移往后代手中，更换主人。年逾古稀的老人，很多人对科学事业做出过贡献，已达到了从心所欲不逾距的境界，取得可以讲任何话的资格。大自然的规律也提示，老年人趋于倔强，胸有成竹，珍惜节翎，宽容性变小，常对下一代、第二代年轻人持严加管教态度，生怕他们出轨。此所谓“人生不过百，常怀千年忧”。很多人注意到，凡杰出的老科学家认为可以做到的，他总是对的；他认为不可能做到的，差不多总是错的。从长远看，中老年科学家们宜保持宽容的胸怀，为青年营造宽松的创新环境，开拓更广阔的活动空间。

科学史还表明，每当科学上有重大突破和理论上有重大建树时，人们总是倾向于认为已找到了最后真理。20 世纪量子力学、粒子物理取得了辉煌的成就以后，20 世纪 80 年代曾有物理学家宣布“科学已终结”，真理已全部在握，可以解释一切可能的自然现象。未过 20 年，航天观测（COBE，Cosmic Background Explorer，1989，和 WAMP，Wilkinson Micro-wave Anisotropy Probe，2001）发现宇宙有加速膨胀的迹象。美国航空航天局于 1998 年宣布，在宇宙中可能存在一种过去未发现过的“阴能量”，占总能量的 70% 以上，对星系产生负压力或斥力，超过了物质之间的引力，导致宇宙在过去数十亿年的历史中加速膨胀。此外，还发现在占星系质量 28% 的物质中，我们能看到的和能觉察到的仅有 4% 左右，还有 23% 的“暗物质”存在，其组成和性质无人知道，物理学尚无法解释。这有如一桶冷水浇头，使认为科学已经终结的人清醒了很多。

中国的现代科学事业开始于20世纪初，兴旺于下半叶，比欧洲晚了200年，补课又花了100年，大多都是从欧美学来的。改革开放以后，进入21世纪，中国人信心大增，立志要建立创新型国家、创新型社会。科学界则相信“学生不必不如师，师不必贤于弟子，闻道有先后，术业有专攻，如是而已”（韩愈，768—824），发誓建立创新体系，提倡科学创新、技术创新和工业创新，以求为人类做一点迟来的贡献。

美国朋友库恩（Robert Kuhn）博士决意将他主编的“走近科学”（*Closer to Truth* “*Science, Meaning & Future*）系列的新卷在中国出版。他约邀了50多位美国科学家、工程师和有科学造诣的企业家座谈当代重大科学问题，如脑科学、理智的力量、未来的医药、生命的起源、宇宙秩序、科学和宗教等，整理成册，出版发行，意在激励青年解放思想，勇于攀登，敢于创新，为科学进步做出新的贡献。我有幸与库恩博士交流过想法，得到他的共鸣。他嘱我写出来，在《走近科学》新篇中文版付梓时印出。我也珍惜这个机会，把近来所念，敬献给读者讨论，或许能为在中国建立更宽松的学术创新环境，对振兴中国21世纪的科学技术有所益，这是这篇小记的来由。

鹧鸪天·开放定律

系统开放宇宙间，物能信息交换迅。有机生长千重碧，熵降秩优日月新。

天昏昏，地冥冥，孤寂千年守古训。封闭系统难发展，物理定律适人文。

杀出血路，改革开放

（2008）

“杀出一条血路，振兴中华。”这是邓公的一句名言，指的是改革开放。下面讲讲我对此的理解。

如果中国人能从历史中学到什么经验教训的话，那就是必须对外开放。科学中的一条基本原理是：任何一个系统，只有在开放的环境下，流畅地与外界交换能量、物质、信息，才能健康地发展壮大。相反，一个封闭的、与外界隔绝的系统只能逐步走向无序和衰亡。这就是热力学第二定律。在一个封闭系统中，它的熵，即无序性，必然逐步增大。中国的近代史充分证明，这条定律对经济、科技和其他社会系统都适用。人类学家们的研究表明，16—17 世纪南美洲的马雅文明、阿兹特克文明和印加文明的衰落和消失，大洋洲塔斯梅尼亚人的灭绝，在很大程度归因于地球最后一个冰期结束，美洲大陆被两大洋隔离，孤立于欧亚大陆之外。而塔岛与澳洲大陆分离，成为孤岛，人们的生产、生活方式和文化仍停留在刀耕火种的石器时代，处于人类幼年时期，对欧洲人的入侵和自然灾害缺乏自卫能力而衰微。

从鸦片战争列强撞开中国紧闭的大门，到20世纪末的自主改革开放，祖国经历了一个半世纪的漫长岁月，充满了曲折、坎坷、流血和牺牲，多少仁人志士和学者献出了生命。正如戊戌变法后血溅菜市口的谭嗣同（1865—1898）所说：“各国变法，无不从流血而成。今中国未闻有因变法而流血者，此国之所以不昌也。有之，请自嗣同始。”虽经苦劝，他不肯躲避，决心以血唤醒民众。

大批文青出国留学是清末民初中国对外开放的最初一步。从苦难深重的中国出国留学的青年，都是忍辱负重，发愤图强，去学政治、文化、科学技术，为祖国强盛而拼搏。欢送的亲友以为是去“西装革履、牛奶面包”，实则大谬不然。打工求学，常饥寒交迫。自费的一旦断了接济，求生存就成了首要任务。即使公费生，首往异国他乡，语言障碍、精神压力、无亲缺友，需要全力以赴去应对那越来越酷烈的教育制度。历代留学生和学者中遭歧视、迫害、扣压、驱逐、遣返的不计其数。他们的艰辛和苦难，历史记录汗牛充栋。

20世纪上半叶，从辛亥革命到建立共和国以前，在革命斗争中牺牲和被反动派杀害，在各种场合为国捐躯的青年学者成千上万，他们是为杀出血路而牺牲的。下列是曾见诸报章而震动全国的悲壮故事 / 人物。

1905年4月，吹响民主革命号角的《革命军》作者，留日归来的邹容（1885—1905，1902 年留日）瘐死狱中。

1905 年 12 月，湖南留日学者、以《警世钟》《狮子吼》等名篇著名的革命文学家陈天华（1875—1905）为抗议日本政府《取缔清国留学生规则》而蹈海自溺，以死抗议日本政府，唤醒同胞，年仅 30 岁。留绝命书曰："我一生只能做两件事，一是作书报以警世，二是遇可死的机会慨然赴之。""满清灭亡庶须十年，与其死于十年后，不如今日死，使诸君有所惊动。"

1906 年 10 月，山西留日学生李培仁（1866—1906）为推动从德国人手上收回山西矿权运动而蹈海。

1907 年 7 月，留日学者秋瑾女士（1875—1907）殉难于绍兴，终年 31 岁。留绝命笔曰："秋风秋雨愁煞人。""痛同胞之醉梦犹昏，悲祖国之陆沉谁挽。""即此永别，风潮取彼头颅！"

1911 年，林觉民（1887—1911）与同学数人从日本赶回广州参加起义，葬身黄花岗。致妻诀别书云："吾作此书尚是世中一人，汝看此书时，吾已成阴间一鬼。""吾充吾爱汝之心，助天下人爱其所有爱，所以敢先汝而死，不顾汝也。汝体吾此心于啼泣之余，亦以天下人为念，当亦乐牺牲吾身与汝身之福利，为天下人谋求福也。汝其勿悲。"年仅 25 岁。

1913 年 3 月，辛亥革命先驱、留日学者宋教仁（1882—1913）在上海遇刺，两日后逝世，年 32 岁。

1925 年 8 月，孙中山的忠实朋友和同志廖仲恺（1877—

1925，生于美国，留学日本）被刺身亡。夫人何香凝说：“廖先生是为着中国争自由而死，为国民革命而死。”

辛亥革命以后大革命时代被杀害的著名留学生有：杨暗公（1898—1927，1917年留日）、汪寿华（1901—1927，1921年留苏）、孙炳文（1885—1927，1922年留德）、李大钊（1889—1927，1913年留日）、陈延年（1898—1927，1919年留法勤学）、陈乔年（1902—1928，1919年留法勤学）、赵世炎（1901—1927，1920年留法勤学，1923年留苏）、张太雷（1899—1927，1921年留苏）、王一飞（1898—1928，1921年留苏）、傅烈（1899—1928，1920年留法勤学，1924年留苏）、罗亦农（1902—1928，1920年留苏）、向警予（女，1895—1928，1919年留法勤学，1925年留苏）、彭湃（1896—1929，1921年毕业于日本早稻田大学）、郭隆真（女，1894—1931，1920年留法勤学，1924年留苏）、王步文（1898—1931，1925年留日）、蔡和森（1895—1931，1919年留法勤学）、刘伯坚（1895—1935，1920年留法勤学，1923年留苏）、瞿秋白（1899—1935，1920年去苏任记者多年）、等等。新中国成立以后，滞留在各国的留学生和学者归心似箭，急切寻求回国之途，遭到了美国、日本、英国等政府的阻挠。他们奋起反抗，进行了艰苦的斗争，始得回归祖国，为新中国的建设做出了重大贡献。

中国现代卓越的地质学家李四光（1889—1971，1904年留日，

1917 年留英）冲破重重险阻于 1950 年回到祖国，领导开创了新中国的地质矿产事业。

钱学森先生在美国受到的迫害是学者们苦难经历中悲切的代表。

20 世纪 40 年代末，正当他在航空、航天、火箭理论和技术方面卓有成就，为美国航天事业做出卓越贡献时，他受到麦卡锡主义政府的迫害。他留美 12 年功成名就时年 36 岁，于 1947 年回国探视，与青梅竹马的蒋英完婚。因与朋友聚会听音乐，美国指控他是共产党，回国秘通中共，吊销了他参与研究工作的证件。满腔愤怒的钱先生决定返回祖国，不准，反而遭拘捕，保释后又被扣留五年多。朝鲜战争后，经周恩来总理和外交部的援救，才和一批被美扣留多年的留美学者返回祖国。

1986 年，胡耀邦同志主持中央会议，听取钱先生关于系统工程的报告，得知他接到母校加州理工学院邀请返校参加学术活动，劝他宽容地回去看看。钱先生仍怒不可遏，说："我的情况不同。美国政府如此迫害，它不道歉，不改正错误，我不能回去。"后来，他对我们讲，"只要美国不承认错误，我此生此世绝不踏上美国的土地！"

钱学森 1954 年在美国出版了《工程控制论》一书，开创了一门新的技术科学，受到全世界科学界的赞扬。他说："那是为反抗美国特务的迫害而作！"

回顾20世纪，革命、改革和开放是决定中国命运的主题。它们相辅相成，相得益彰。没有革命性社会改造，中国仍会是封建社会；没有民族独立的开放，那是殖民地；没有开放的改革，仍然是愚昧落后的闭门自守。20世纪历代留学生回国后对中国的革命、改革、工业、科学技术和其他事业的建立都产生了根本性的影响，当是有目共睹的史实。请验证下列历史记录。

清末人们急切地学日本。张之洞在《劝学篇》中说："日本，小国耳，何兴之暴也？伊滕、山县、榎木、陆奥诸人皆二十年前出洋之学生也。愤其国为西方所胁，率其徒百余人分诣德、法、英诸国，或学政治、工商，或学水陆兵法，学成而归，用为将相。政事一变，雄视东方。"数万人拥向日本留学，成为孙中山发起同盟会的骨干，促成了辛亥革命的爆发，结束了长达2 000多年的封建统治。

中国共产党1921年7月1日召开成立大会，出席代表中有8人是归国学者，占三分之二。

孙中山当选为临时大总统，于1912年1月3日组建南京临时政府，核心成员12人中有8人是归国学者，占三分之二。

1923年10月，孙中山改组国民党，临时中央执行委员和候补执行委员共15人中留学归国者13人，占87%。中华人民共和国10位开国元帅中有6位在外国留学或工作过。

中华人民共和国第一届中央人民政府主席、副主席和政府委员共63人，在国外留学或工作过的有42人，占三分之二。

中国教育会于1902年成立于上海。由蔡元培（1868—1940，留学德、法）、吴稚晖（1865—1953，留学日、英、法）、章炳麟（1869—1936，1899、1906年长期留日）、马君武（1881—1940，1901年留学日本）等人发起。

20世纪初，大批留学生归国，于1913年在北京成立“欧美同学会”，共同寻求救国拯民、发展中国科学技术事业的道路。该组织至今仍然显示出勃勃生机。

中国历史上第一个以“联络同志共图中国科学之发达”为宗旨，以推进科学的传播和研究等多项事务为任务的“中国科学社”于1914年6月由留美学生发起，在美国绮色佳（Ithaca）成立。社长任鸿隽（1886—1966，化学），书记赵元任（1892—1982，语言学），会计胡明复（1891—1927，数学），编辑部长杨杏佛（1893—1933，矿冶）；董事会成员由任鸿隽、赵元任、胡明复、秉志（1886—1965，生物学）、周仁（1892—1973，陶瓷）五人组成。1915在上海出版中国历史上第一期《科学》杂志。

中国农学会于1917年在上海成立，由丁颖（1888—1964，东京帝国大学毕业）、邹秉文（1893—1985，1915年美国康奈尔大学毕业）、蔡邦华（1902—1983，日本鹿尔岛农学校、德国柏林大学毕业）等发起。

中国地质学会于1922年成立，由丁文江（1887—1936，

1906年留英）、章鸿钊（1887—1951，日本京都大学、东京帝国大学）、翁文灏（1889—1971，留学比利时）和袁复礼（1893—1987，美哥伦比亚大学）等人发起。

中国数学会1935年成立于上海。董事会、理事会与评议会主要成员有：胡敦复（1886—1978，美哈佛）、冯祖荀（1880—1940，日本）、姜立夫（1890—1978，美哈佛）、熊庆来（1893—1969，法国）、陈建功（1893—1971留日、美）、苏步青（1902—2003，日本帝国大学）、江泽涵（1902—1994，美哈佛）、钱宝琮（1892—1974，英国）等。

中国天文学会1922年建立于北京，第一任会长高鲁（1877—1947，布鲁塞尔大学）、副会长秦汾（1882—1973，美、英、德留学）。

1928年南京政府建立中央研究院，首任院长蔡元培。1948年选举产生81位院士。数理组26人和生物组25人全为归国学者。人文组28人，除国学、中医、出版专业等5人外，都是归国学者。

中国自己设计的第一座越江大桥——钱塘江大桥于1937年建成通车。总设计师茅以升（1896—1989，1921年留美）。他说：“崎岖多于平坦，幸赖桥梁以渡。桥何名欤？曰：奋斗。”

中国科学院于1950年成立。1955年部委员共172名（不含哲学社会科学部）有158位是归国学者，占92%。

中国工程院于1994年成立，首批院士96人，留学专家46名，占48%。

1999年8月中共中央、国务院、中央军委决定表彰为研制“两弹一星”做出突出贡献的科技专家，并授予“两弹一星功勋奖章”。23名获奖者中有21名是归国学者。

中国很多人对20世纪这段历史感到不快：中国现代科学技术知识为何都来自西方？从康熙开始就不服气，有“西学中源”说。1704年，他评《三角形推算法论》曰：“者以古法、今法之不同，深不知历原出自中国，传及于极西，西人守之不失，测量不已，岁岁增修，所以得其差分之疏密，非有他求也。”群臣诺诺。乾隆时代的袁枚（1716—1798）也随言现代科学是中学西渐而成：“西洋有算术，名曰几何，乃冉子（前522—前489）所造。今在海外，西人得之，出其精思，以成此书。”这些说法早为历代中国科学界所否定，那不过是虚荣的牵强附会。正像杨振宁先生所断：儒家说的“天人一物，内外一理”的理，不是近代科学所讲的规则、规律和定律。近代科学追求的“理”与中国传统文化所追求的“理”是不一样的。传统中国文化里，没有这个定律、规律和这些规则的观念。工业技术所依靠的技术科学在中国传统文化里也不存在。至于中国为何未产生近代科学？今称为“李约瑟之谜”，科学界已讨论了一百年，仁智各见，至今仍是科学史学研究的热点之一。

最近一位英国朋友Robert Temple评论说：“其实，中国人不必‘为李约瑟之谜’太觉不安，这个问题的答案对中国的未来未必有多大影响。世界上每一个民族都有过强处和弱点，成功和失败。与世界其他民族相比，即使现代科学未在这里产生，中华民族依然是伟大的。”“古埃及、古巴比伦、古希腊、古罗马等文化如何？他们消失了，他们的帝国早已灭亡！那里今人的文化与先人完全不同。只有中国的文化、文明生存了下来，并且以其数千年的技术发明和创造启迪了人类。数千年前开始的中华文明，今日仍在繁荣兴旺，中国人未来会对人类做出更大的贡献。”

如果把牛顿定律的出现（1687，清康熙二十六年）看成为现代科学的起点，到辛亥革命只不过200年。以瓦特发明蒸汽机（1765）算作产业革命的开始，到辛亥革命仅150年。这在中国历史上不过是一个短暂的间冰期。国家处于危难之时，人民在水深火热之中，知识界疾呼“德、赛救国”，仁人志士急切于办教育、办工业，贤明的政治家们热情改革开放，鼓励青年游学科学技术，是为救国家之既衰，拯救人民于水火而战斗的紧急措施，其情可喻，其事当歌，是不待智者可决的。南非首任黑人总统曼德拉说：“只有以立即消除种族歧视和隔离为斗争目标才能迅速拯救人民解脱被压迫之苦。”完全弄明白各种理论的优劣，对处于战斗之中的战士来说那是承受不了的奢侈。

改革开放以来，中国敞开了大门，工农业与世界接轨，科技和教育与世界各国合作，大量引进先进技术，提高了全民族的生产力和人民收入，这就是信息交换。每年的进出口贸易额超过3

万亿美元（2014），进出口各半，这是物质交换。2014 年，利用外资约 1 200 亿美元，外汇储备已超过 3.5 万亿美元，这是与外界的能量交换。

我们的政策是向先进生产力学习，引进一切好的、先进的作物、产品、技术、知识，引进以后自己开发。人民生活得益最著：来亨鸡（Leghorn）、樱桃谷鸭（Herry valley Ducks）、荷兰牛（Holstein and Friesian cattle）、约克夏大白猪（Yorkshire white giant）、大樱桃、红富士苹果、罗非鱼（Tilapia）、海湾扇贝（Bayscollap）、小龙虾、芦笋、珍珠柿（Pearl tomato）、花椰菜（Brassica oleracea）等，都移植开发成功，极大丰富了食品市场的供应。

1978 年以后，作为改革开放政策的重要措施，政府鼓励青年出国留学，财政部每年拨专款支持。1978—2007 年，累计有 130 万人赴 108 个国家和地区留学，学成归国工作的占 59.3%。目前，每年有 50 多万人出国留学。大批回国学者已成为科研、教学和发展高科技企业的带头人。教育部直属大学的校长中 77.6% 是“海归”。2008 年全球金融危机以后，回国创业的留学生暴增。

20 世纪的中国以其辉煌成就载入史册。推翻了封建统治，建立了人民共和国。在中国共产党的坚强领导下，启动了大规模的工业化建设，建立了完整的现代科学教育和研究体系，确立了科教兴国的国家战略。尽管工业化和现代科学技术事业比欧洲晚了 200 年，中国奋起直追，仅用了 50 年的时间，大大缩小了与发达国家的差距。从革命事业的成功到经济建设的伟大成就，都是由历代政治家、科学家领导人民杀出血路而取得的。

对新中国已取得的成就，我们有理由高兴。但是，中国人均国内生产总值在2020年为1万美元，是发达国家的1/4，科技投入强度比是发达国家的1/2，每万劳动力中研发（R&D）科技人员比发达国家低1/5。中国的科学技术水平与发达国家还有不小的差距。为实现工业化和现代化，很多困难要克服，还有很长的路要走，至少还要艰苦奋斗30年。我们仍须记住邓公的劝导：埋头苦干，韬光养晦，坚定不移地以经济建设为中心，集中精力把自己的事办好。要实现四个现代化，首先科学技术要现代化。

我们应记住毛主席展望中国未来时说过的一段话："应当承认，每个民族都有它的长处，不然它为什么能存在？为什么能发展？同时，每个民族也都有它的短处。我们的方针是，一切民族、一切国家的长处都要学，政治、经济、科学、技术、文学、艺术的一切真正好的东西都要学。他们的短处、缺点，当然不要学。将来我们国家富强了，我们一定还要谦虚谨慎，还要向人家学习，不要把尾巴翘起来。就是在几十个五年计划之后，还应当向人家学习。一万年都要学习嘛！这有什么不好呢？"

中国的故事还在继续，向富强、民主、文明的方向走去。然而，彼岸仅见轮廓，还需要勘探前进，"摸着石头过河"。

祝越茶年

(2015)

少年同窗过九旬，高歌轩昂度此生。
许国投身大西南，发力有色骈世林。
漫回首，无遗怨，惊悟夙梦迅成真。
岁月不居人未老，祝兄续奋越茶年。

注：少年同窗曲润山同志，从事有色冶金工业60年。新中国成立初，中国冶金工业几乎空白。21世纪初中国钢铁年产10亿吨，居世界第一；有色金属年产6000万吨，居世界前列。

乡愁越世纪

（2019）

分子偶串聚，出世微几率。
追波逐浪漂，滞泊成归煦。
无愧天，不怍地，搏拼科海尽心力。
人生若抒歌，乡愁越世纪。

注：函贺旅美科友沈致远先生九十寿辰。沈致远生于江苏溧阳，1959 年浙江大学毕业，1982 年旅美访学，在微波物理学领域成就卓著，漂泊至杜邦研究院任研究员、资深院士。1998 年，在文汇报笔会上开辟专栏《天趣园》，发表系列科学散文。2002 年集文成书《科学是美丽的》，此后又陆续出版姊妹篇《科学是求真的》《科学是大众的》，由上海教育出版社出版。书中品评今古，月旦当代，数理化，文史哲，论述广阔，文锋犀利，颇受读者喜爱。笔者曾发表过不佞散文，沈致远写过评论，遂成科友。他的科学散文字里行间透射着对祖国的关切和对故土的眷恋。飞鸟恋巢枝，代马依北风，祖上的炊烟始终在他心中萦绕。

耄年吟

（2021 年 12 月）

日月频追逐，冲合期无穷。
不问廉颇老，耄年仍争鸣。
寤寐强国梦，奋笔吼西风。
鬓已衰，丝不尽，泪未干，
苦恋征衣不落帆。

幸生斯世纪，造化凝因缘。
千载难逢史华篇，不负此生。
法西斯死，侵略者亡，
殖民者遁形，庶民获解放。
社会主义兴起，帝国主义恐惶。

神州天翻地覆。
推翻千年帝制，消灭军阀匪帮，
新中国屹立东方。
科技赶超，经济飞扬，
告别饥寒，全面小康。
改革开放，

工业化夙梦成真，
现代化指日可望。

淮海战役前，奉命学技能，
十年寒窗淬，不意成科工。
两旬航天后，被派拉纤绳，
面向新目标，科轮改远程。
一路遍历，
胜利欢乐，崎岖风霜，
岁月如歌，激奋悲壮。

天假以年，更登高楼：
民富国强，科技翱翔，
举樽酹新酿。

少年风雨

胶东是我的故乡。山东半岛胶（州）莱（州）平原以东3万多平方公里，今分属青岛、烟台、威海3市，人口1 800万。秦设胶东郡，汉文帝（前179—前156）时曾改为国，汉景帝（前156—前140）时是叛乱七国之一，明清时期改为登州府。

地质考察认定，胶东半岛于元古代（25亿—5.45亿年前）初上升为陆，与辽东、朝鲜相连，属华北古大陆。元古代末（6.8亿年前的震旦纪），胶东北部下沉成海，与辽东、朝鲜隔海相望。中生代燕山期（1.5亿—0.65亿年前）末，全半岛上升为低山丘陵，以牙山—昆嵛山—伟德山为陆脊。莱（阳）诸（城）盆地的大量恐龙骨骼和恐龙蛋化石证明，那时气候温和，倚山濒海，河湖交流，生物茂密，是恐龙的乐园。临朐山旺生物群化石遗迹表明，恐龙灭绝5 000万年后，新生代中新世时期（2380万—532万年前），被子植物和哺乳类动物大繁荣。沂源县发现的古猿人化石证明，40万年前，胶东半岛上已有古人居住。章丘龙山文化遗迹表明，4 000年前就有了城市。张守节《史记正义》中说，中华人文始祖黄帝“生于寿丘，葬于陕西桥山”，“寿丘在鲁东门之北，今在兖州曲阜县东北六里”。商朝第20代王盘庚的迁都出发地“奄”也是曲阜，再3 000年后成孔孟之乡。地利源乎天地上苍。

前1046年，周武王伐纣灭商，封建国功臣姜尚（吕望，又名吕尚，赐姓姜，山东琅琊人），即姜子牙，回老家山东，成为春秋齐国始祖。姜姓统治山东700多年，后裔众多，衍生出70多姓氏，至今已100余代，从春秋到唐宋，兴旺了2 000多年。战国末，约前300年，齐都临淄已相当繁华：“临淄之途，车毂击，人肩摩，连衽成帷，举袂成幕，挥汗成雨，家殷人足，志高气扬。”（《通鉴》引苏秦语）近代国学贤达钱穆断言：“若把代表中国正统文化的，譬之于西方的希腊，则在中国首先要推山东人。”文圣仲尼、亚圣孟轲、民圣墨翟、武圣孙武，都是齐鲁人。稷下百家，陶朱、端木、《考工记》、《齐民要术》等都是中华文明的源薮，都出自山东。再千年后，北宋神宗年间，苏辙齐东省兄密州（今诸城）知州苏轼，看到“至今东鲁遗风在，十万人家尽读书”。清乾隆年间，遗风仍在，荣成出过10名进士、50名举人、460名贡生。

明朝永乐—嘉靖年间（1419—1560），倭寇海盗入侵，掠夺骚扰不断，明廷开始禁海防寇。清初袭明律，禁海渔，绝外贸，断海运：“海岸五十里内禁止移居”，“出海者以叛反通敌论罪，一经拿获，立即正法”。胶东半岛失渔海之利凡300年，形势巨变。

清代人口剧增。鸦片战争后，清廷被迫废止禁海令，人们大批向沿海地区迁居。清末民初，外侮内乱不断。列强再掠北京，德国强占胶州（1897—1914），英国强租威海（1898—1930），日倭侵吞朝鲜（1910—1945）、据东北（1914—1922）、占青岛（1938—1945）。胶东半岛三面受敌，人多地少，饥荒频发，挣扎不得生存，外逃成风，闯关东成流。教育不昌，文化衰萎，科技无缘，百万人家无书读。

日寇占领东三省那一年，1931 年 12 月 29 日，懵生于胶东半岛之端、黄海之滨，荣成县一个不足百户的穷乡僻屯——宋家村。懵生者，不过罕稀小事，发生概率亿万分之一。在旧中国，人生历来是一场灾难，在生死之间徘徊，国难兵燹，饥荒乱世，能否活下来，尚属未定之天。

古书说，周武王封商微子于宋（前 1046），建都商丘，子孙以国为姓。3 000 多年后，今宋姓已在 100 代以上。先祖何时从河南商丘辗转迁徙到这天涯海角，是逃荒？避战乱？已无可考稽。未闻鲁东宋姓有过将相硕儒，留有谱牒可察，唯靠先辈口传，后人略知近祖。宋健，乳名义山，初中前名宋振山，参军后改为宋健，笔名宋垡。我 5 岁时，年逾花甲的曾祖父（山东称太爷）宋书祥（1865—1940），给子孙们讲北京的故事。他年轻时曾随群徒步跋涉到北京西四牌楼一带的“山东大院”打工，每天为各家拉车送水，干了 18 年。日储分文，积银成两，回乡置地 10 亩，得以娶妻成家，有了独子宋启明（1890—1945）—— 我的爷爷。读过诗人臧克家（山东诸城人，1905—2004）写送水工人的悲苦（1932）：

大车水装够，背带肉里扣。

不知下刻命，泪水心里流。

才略懂何为送水工。太爷叮嘱我们：“大圆茄子不能吃。八国联军进兵北京时，炮轰义和团，洋鬼子用的炮弹都是从京郊偷来的大圆茄子，打死很多人，但敌不过义和团的大刀。”他仍能背诵 30 多年前义和团的揭贴：“神助拳，义和团，只因鬼子闹中原……一旦鬼子全杀尽，大清一统庆升平。”他担心孩子们听不懂，又援史证：“300 年前，日本鬼子来闹过，登州府戚（继光）家军的大刀把倭寇杀得片甲不留。村东面的（狼）烟墩和西面的青山都是戚家军的信号台。”太爷怀念着他的弟弟：“可惜你们的叔太爷、我唯一的弟弟，丢失于义和团。是死了？还是逃到关东？生死不明，永远见不到了。”至于太爷的前辈、高祖等，没听他说过。他在抗日战争最激烈的年代去世。当时，人们的急务是打鬼子、找饭吃、不饿死，没有听老故事的闲情。

祖父宋启明，一生务农，文盲，以抚育 7 个子女为天命。父亲宋增金（1911—2003），排行第三，一生以木工为业。母亲姜玉贤（1912—1983），文盲，家妇，或许是姜子牙的后代。一弟宋振岳（1938—　），自幼从父亲做木匠，1980 年从合作社退休。曾有过一个妹妹，两岁时夭折，扔到乱葬岗喂了狗，只有妈妈一人哭了一场。

作者的母亲姜玉贤、父亲宋增金

1930 年前，中国人口已多达 4.7 亿，但儿童入学率仅为 20%。天陲海岬，没有文化，是愚昧落后之地。村里没有塾庠，也没有小学，村民多是文盲。1928 年，蔡元培（1868—1940）主持民国政府大学院制定和颁布《中华民国学校系统草案》，村里才开始有初小（4 年制），高小要到大村去上。我 5 岁入小学，有幸获得一隙之明，为以后继续受教育创造了条件。我们终生敬仰民主革命家和教育家蔡元培、陶行知等先贤所布教育系统的恩泽。

近闻去过胶东的朋友常对各县市赞不绝口。依山环海，山清水秀，松柏成林，农海俱兴，交通发达，工业速升，人均地区生产总值已过万美元，富得流油。小学、初中普及，中专、高工、大学林立。与我们幼时相比，已是全新天地。那时，荣成县人口是现在的1/3，却年年灾荒，岁岁挨饿。小孩们在春天总要上山采野菜、树叶充饥，只有逢年过节才能吃上白面馒头。祖父宋启明以10亩地养不起7个子女及第三代，只好令他们成年早婚，分出去自求生存。父亲曾对我说："人来到这个世界上，都要努力奋斗挣饭吃才能活下去。分家后，我靠做木工养家。"他没念过书，但粗通文字；自学算术、珠算，以计量木材的尺寸、体积；掌握了木匠手艺，成为名师，徒弟遍乡；学会了拉胡琴，文化娱乐，成了琴师。"你们有学上，更要勤奋学本领，以后对家、对国都有用。"1937年7月7日卢沟桥事变后，日本全面发动侵华战争，先后占领青岛（1938）、烟台（1938）、威海（1938）等胶东沿海城市，碉堡建到乡镇。中共在胶东组建抗日武装，建立党组织。我父亲参加了地下党，当过秘密交通员、村党支部书记、支前队长等；全国解放后，当过村长、合作社主任等，20世纪70年代退休。

大海故乡，黄海之滨，离海仅1公里，终生相恋。风平浪静之日，天水一色，一望无垠，碧波荡漾，粼粼波光，孤鸥片帆，静谧慈祥。一旦怒吼起来，狂风巨浪，排山倒海，百里涛声，天惊地颤，仿佛要把半岛掀翻。海草石块、鱼虾海螺都被翻上岸来，使人恐惧。日军炮艇常从海上来骚扰，打枪放炮，杀人放火，大海成了死地。战乱中教我们念4年初小的张绍江老师告诉我们说，地上鸟、兽、猴、人等脊椎动物的远祖都来自海洋，我们与鱼同宗。海里有忽隐忽现的鲸、豚、海牛、海豹、海狗、海狮、海象等海怪巨兽。欧洲海中有美人鱼，长着鱼尾巴的美女（《安徒生童话·海的女儿》）。中国古圣伏羲长过“鱼尾巴”（山东济宁武梁祠浮雕），在海里住过。这更增加了人们对海洋的敬畏和神秘感。我们对不允许儿童到海边游玩的警诫感到厌倦，青纱帐起，偷着结伴去捉鱼逮虾，略有收获，就地点篝火，烧熟充饥。

经过5年抗战，八路军已解放了胶东大部分乡镇农村，建立了各级抗日政府，保持了社会生产秩序。普遍恢复了小学教育体系，各根据地都新组建了抗战中学，为青少年开启了受教育之门。

1944年夏天，文（登）荣（成）威（海）联合抗日中学招生，父亲命我去报考。先为备取生，几天后通知正式录取。祖孙四代没有念过书的先例，能念中学是吾家良驹，全家和坊邻都欢欣若狂。小块根据地中的战时中学，离日军据点最远的数十里，“扫荡”“清乡”不断，没有固定校址，膝盖当课桌，背包是座椅。

学生们仿军队建制按年级编成班、排、连，睡草铺，吃公粮。每人只许带一个背包、一个书包及一个吃饭喝水和刷牙共用的搪瓷杯，一旦有敌情，5 分钟即可打好背包上路，转移到安全地带。人称“八路中学”。

母亲为我做了薄棉被，打成背包。父亲送我去报到。一早上路，爬山越岭，40 里路走了一整天，到校时已近黄昏。第一次离家远行，能与父亲相伴一整天，说一路话，一生只有这一次。9 月初秋，庄稼已收，秋风落叶，遍地黄土。天空中群雁南飞，引出父亲说不完的故事。他说：“汉朝有位贤人苏武，被匈奴扣押，流放到北海牧羊，19 年无音信。他写了一封信，捆在南飞大雁的脚上，带回国，人们才知道他还活着，以后被要回来了，与家人团聚。这叫‘鸿雁传书’。人生多难。你们这一代可能活得好点。”“现在有共产党，朱、毛领导抗日，红军已到山东。八路军山东纵队已成正规大军。日本鬼子很快就会被赶走。你们年纪还小，要努力学本领，长大了必有用处。以后离家远了，要多写信，大人放心，不要学苏武，十多年无音信。”傍晚走到一条小河畔，树林深处，学校中传出歌声。爸爸让我去报到，他希望当夜赶回家，第二天似有要事。我们挥泪相别。爸爸送走了我的童年，我当时未满13岁。

远处传来同学们嘹亮的歌声，这首《校歌》把我引向另一个世界：

黄海之滨，伟德山前，
我们是文荣威海的优秀青年。
今天把自己造就，
明天为民族奋斗。
科学是我们的头脑，
新中国是我们的方向，
团结、紧张、严肃、活泼是我们的作风。
同学们，踏着我们的道路，奋勇向前。

作者与父亲合影（1993 年）

哈尔滨风雪

社会真是一个复杂的巨系统，每个社会变革过程常以甲子或百年为期。东晋后，中国大分裂，乱了285年（五胡乱华135年，南北乱朝150年）才恢复了统一。从鸦片战争到清末，国人曲折蹒跚了70年才明白“师夷长技，西学为用”之必须。工业化的序曲演奏了50年，为“德、赛升堂”又奋斗了40年。英国从君主制改为君主立宪花了48年（1640—1688），从法国大革命（1789）到巴黎公社（1871）颠倒反复了80多年。社会惯性之大无法预测，每以千百万人血洒荒郊的代价才得以变更历史航向。

向工业化进军，兴科教、育人才是急务，否则只能望洋兴叹。从京师大学堂开始（1898），经过30年，中国的科学教育事业仍孱弱不堪。

据资料显示（数据源自《旧中国大博览》，程东等编著，1995年出版），1931年1月，南京国民政府教育部公布的教育情况是，全国人口4.74亿，文盲占80%，儿童入学率22%，全国高校86所（大学32所，专科学校21所），在校大学生37 566人，在美、日的留学生3 700人。新中国成立那年，大学增加到205所，年招生3.1万人，当年大学生毕业2.1万人。相对于5.4亿人口（1949），百业待兴，科技仍是一张白纸。

从1950年开始，大专教育飞速发展，各大学迅即扩大招生名额。因高中毕业生供应不足，北方各学校到南方新解放城市去抢招学生，并吸引东南亚大批华侨青年回国升学。大专院校在1950年招生5.8万人，比1949年增加了近一倍。教育部调整院系，新建的大学、专业院校如雨后春笋。到1960年，大专院校增至650所，增加了3倍；年招生近30万，增10倍。社会建设需求致冰融泉涌，汇成科教巨流。

我们这一代纷纷被洪流卷入，随潮而漂，改变了人生走向。十年寒窗，似水流年，我竟从一个“土八路”被锻成一名科技工匠，这是从未梦想到的。

1951年4月初，我坐上火车向东北飞驰，穿越着时空。车过塔山、锦州。两年多前，这里曾是辽沈战役首歼国民党军8个师9万人的大战场。1948年10月10—15日，东北野战军第四纵队（山东纵队）在塔山阻击战中挡住了蒋军“东进兵团”11个师的援军，保障主力攻克锦州。透过车窗遥望塔山，默祷长眠于山麓的塔山英雄团等8 000英烈。少年时代的同学、战友，用鲜血和生命为新中国铺平了道路。

最感到震撼的是气候反差。出发时，九九已过，济南已是清明时节雨纷纷，草木青葱，春花烂漫，杨柳成荫。车行一夜至山海关外，迥然返回残冬严寒。松辽平原冰天雪地，朔风寒峭。济南（北纬 36.7 度）和哈尔滨（北纬 45.7 度）的纬度仅差 9 度，气候反差如此巨大，身着轻装冷得发抖。无怪南方人都惊叹北方的千里冰万里雪，犹如北方人诧异南方无冬。俄国诗人阿·普希金有名句：“北方的夏，犹嘲南冬，转瞬即逝，世人愕惊。”黑龙江冷过莫斯科（北纬 56 度），冬末孟春常在零下 30 摄氏度，最低零下 50 摄氏度。可推想，黄克诚在 1945 年秋率新四军第三师 3 万将士，薄衣草履从苏北进军东北，当何等艰苦。

到位于沈阳的东北人民政府换了介绍信，随即去哈尔滨工业大学报到。因用俄语授课，须先通过俄语考试，才能进入大学一年级。因俄语差，遂被分到 1950 年秋入学的预科班学俄语。压力如山，不敢休暑假，如痴似狂补学了 4 个月。稍能听懂一点，秋天开学后便随流进了机械系一年级。

哈尔滨工业大学建于 1920 年，原为俄国人创办的为中东铁路培养干部的高等技术学校；1922 年，改为中俄工业学校；1928 年，与法政学院和商学院合并，改为现名，由中苏共管。1931 年九一八事变后，日本占领黑龙江，抢占了该校 14 年。1945 年，由中苏两国政府联合接管，1949 年移交中国政府。教师大多是侨居哈尔滨的俄国学者，我们称其为白俄老师；也从苏联各校聘请了部分教师讲专业课。1951—1953 年，陈康白（1902—1981）任校长。

陈康白，原名陈运煌，湖南长沙人，1927年毕业于厦门大学，先后到浙江大学化学系、北京大学理学院任教；1933年赴德国哥廷根大学做研究员；1937年全民族抗战爆发后，在徐特立的指引下，返回祖国，奔向延安，受到毛泽东、朱德等中共中央领导人的高度重视和欢迎。1940年，他受命筹建了延安自然科学院，李富春、徐特立先后任院长。陈康白先任副院长主持工作，1943年接任院长，为中共建立高等理工教育事业开辟了道路。抗日战争后期，他参加王震将军所率第359旅南征作战，后任中原军区军工部部长、东北军区军工部总工程师；全国解放后，出任哈尔滨工业大学校长、中国科学院秘书长等职。陈康白任哈尔滨工业大学校长期间，思路恢宏，视野远大，招聚海内外学者，规划建设现代化高等学府。在苏联专家的帮助下，选拔培养大批研究生，为新中国科教战线培育了第一代“八百壮士”。

新中国的科教事业能在短短甲子之期，长成参天大树，大学从1949年的205所增加到2008年的2 263所，年招生从3万人到现在的700万，居世界第一。一因科教兴国，大势所趋；二因革命先贤们的英谋。前人种树，后人收获，历史链条，不容忘记。

我在哈尔滨工业大学学习一年，俄语大进，数理化成绩都出乎意料的好。印象极深的是，年终考化学用的苏联格林卡编的俄语教本。俄国老师看了试卷后，只问了一个问题：“什么叫亚氯酸？”亚氯酸（$HClO_2$）这个词，俄语名比英文名难念，但有标准俄语的魅力，我曾特别注意熟读，考试碰上了。老师极为满意，毫不犹豫地打了满分 5 分，还说：“如果孩子们都这么用功，苏联也会飞快进步。”老人对后代的期望，何其相似！

新中国成立后，重点转向建设。中央于 1950 年决定向苏联大量派遣留学生，培养新一代建设人才。早在新中国成立以前，1948 年，中共中央东北局派出以谢绍明、李鹏为领队的 21 位青年去苏联留学，后被称为“4821”。其中很多人成了我后来的领导、朋友、同事，并在“文化大革命”中被诬陷为“苏联特务案”。1952 年，举行新中国第四批留苏生选拔考试。不知其源，我被推荐到沈阳的东北工学院参加考试，并未把此事当成大事。离乡已 7 年，未见父老。我利用第一个暑假，回故乡省亲。突然接到电报：“你被选留苏，应于 8 月 30 日前到北京留苏预备部报到。”爸、妈、我自己都不明电报所云，只能遵命。先赶回哈尔滨工业大学，再转往北京报到。在西单的鲍家街学了一年政治、俄语。1953 年 8 月，中央由刘少奇宴送后，乘专列奔向莫斯科。

世事充满了偶然，然而，大潮所指，因果相依，决定人们的命运。这就是人生。

我在哈尔滨读书这一年，大开眼界。哈尔滨工业大学有很多俄国老师。那时，哈尔滨的俄侨有 20 多万，欧式商店、面包房、百货店林立，俄式木栏庭院星罗棋布。道里、南岗等中心地带有东正教教堂，南岗旁有体育场，冬天改铺成大滑冰场，每天清晨有水车洒水维护。长短冰道上人流熙攘，走冰如飞。20 世纪 50 年代的哈尔滨俨然是半个欧式城市。

20 世纪 20 年代末明信片上的哈尔滨街景　即现在的道里区中央大街。

2000 年　矗立在哈尔滨中央大街上的俄罗斯风格建筑　即上图远景中的尖顶建筑。

图片引自《哈尔滨档案》一书，中华书局，2008

东北三省与邻邦的情仇因缘长达二百多年之久。攻占清属外兴安岭以南、黑龙江两岸进入太平洋，是历代俄国沙皇的夙梦。黑龙江以南的流蜜粮仓，海参崴、大连、旅顺的不冻港，对久居永冻寒带的俄国人有无穷的吸引力。清康熙二十八年（1689），清军击退了入侵俄军，签订了第一个界约《中俄尼布楚议界条约》，规定两国以额尔古纳河、格尔必齐河为界，外兴安岭以南，东至鄂霍次克海属中国，两国人民可出入互市。尼布楚条约阻挡了沙俄 170 年。18 世纪初，彼得大帝（1672—1725）大力发展科学技术和军事工业，于 1724 年建立了圣彼得堡科学院，高薪聘请西欧各国大批科学家、工程师去俄国从事科研和科教，发展兵工。俄军装备改善，军力增强，又开始越界东侵。机会终于出现，趁第二次鸦片战争（1860），英法联军攻占北京之际，逼清政府先后签订《中俄天津条约》（1858）、《中俄瑷珲条约》（1858）、《中俄北京条约》（1860）和《中俄勘分西北界约记》（1864），割黑龙江以北 60 万平方公里、乌苏里江以东 40 万平方公里、新疆 44 万平方公里领土给俄国；东正教可进入中国传教，俄国军舰可进入各通商口岸。黑龙江新开 16 个通商城市，允许外国人迁入居住，大批俄侨开始迁入哈尔滨等地。1896 年，趁中国在抗日援朝的甲午之战失败之机，在莫斯科签订《中俄密约》，允许俄国修中东铁路、西伯利亚铁路经过中国境内通向海参崴，俄国大量工程技术人员迁入哈尔滨。俄国十月革命后，高尔察克的白卫军曾占据俄远东地区数年，哈尔滨等地成为其境外后方基地之一。1919年7月、1920年9月和1923年9月，苏俄政府三次发表《对华宣言》，反复申明废止沙俄与中国签订的一切不平等条约，放弃沙俄掠夺的中国领土。1924年5月，中（北京政府）苏签订协定，再次肯定苏俄对华宣言各项，重划中苏边界。但当时中国军阀混战，南北两个政府相互对立，社会热点在反对巴黎和会把山东判给日本，五四运动处于高潮，没有人去与苏俄政府谈判，辜负了列宁的苦心，错过了唯一的历史机遇。

俄国十月革命后，1917年12月，俄国中东铁路护路队分裂成革命派和反革命派，相互攻击。张作霖企图独霸东北，实行反苏亲日政策，趁机取缔护路队，遣送4 000多名队员回俄国。1918年，进而封闭中苏边界，断绝交通。1931年九一八事变后，日本占领北满，苏侨们谦卑谨慎凡14年。1945年8月8日，苏联对日宣战，150万苏联红军进军中国东北。俄侨兴奋不已，箪食壶浆迎师。战后，时过境迁，旧伤已愈，大部分俄侨返回苏联。20世纪50年代以后，赫鲁晓夫反华，中苏关系紧张。新疆伊犁、塔城事件（1962），珍宝岛武装冲突（1969）以后，最后一批俄侨离去，迁往澳大利亚、加拿大和南北美洲。迄20世纪末，这些“哈尔滨人”及其后代随处可见。以色列前总理、前科学与人文科学院院长、美国前科学院副院长等人都在哈尔滨出生，常回来祭奠祖茔。

哈尔滨的俄侨社会兴旺了100多年，最后终于消亡，人去堂空。即使鸿迹仍在，遗花年年再开，伊万也不会再来。改革开放以后，哈尔滨想发掘历史资源，开放发展，效应并不很大。历史不会重演，已逝不能复现。欲求复兴，需要建立新理念，创造新条件，设计新办法，依靠自己，走向未来。

俄罗斯民族源自欧洲，在17世纪越过乌拉尔山脉向东扩张。明末以后，先后建托木斯克城（1604）、叶尼塞斯克（1619）、雅库茨克（1632）、鄂霍斯克（1638）、尼布楚（1658）、塞拉金斯克（1666）。1643—1689年进入黑龙江松花江口，18世纪大量向远东移民。哈尔滨等地20万人俄侨社会的先辈离开欧洲不过200年，他们的文化、语言、文字、生产生活方式、衣食住行等，都保持欧洲东正教习俗。种燕麦、春小麦，养奶牛，吃牛奶、面包，米饭是菜肴、不吃无鳞的鱼、怕穿堂风等，给哈尔滨带来了欧洲风尚。

14世纪，欧洲鼠疫大流行，因耶尔森氏病菌传染，被称为黑死病，欧洲死亡2 500万人，占总人口的1/4。1664—1665年，伦敦鼠疫再发，46万人口中死亡7万。1918年，欧洲又有流感大暴发。数月内，欧洲死亡2 000万人，3亿人被病毒感染；印度死亡1 250万人；美国死亡55万人。这几次传染病大流行使欧洲人心惊胆战，谈虎色变，如临世界末日。恐怖的童话故事，世代流传于坊间。教会、政府和民间大力推动改善卫生习俗，防止瘟疫传染。保持住宅卫生和每周洗澡，遂成欧洲城乡居民铁打的生活固习。

20世纪50年代初，哈尔滨工业大学教室位于大直街与教化街交叉处一座木结构小楼里。负责打扫卫生的是一组俄侨妇妪。内地新招学员，鞋粘雪泥脏土，把走廊、教室的地板顿时涂成泥沼。俄大妈们每天赤足挽袖，手提水桶，跪着洗擦地板，汗流浃背，分寸不疏。第二天上课，地板走廊、门窗内外，清澈无疵，室内窗明几净如新。她们从早到晚打扫厕所，从无异味。农村学生感到震惊，即使从上海来的也慨然心动，敬仰不已。半年后不知何故，俄大妈们走了，换成中国妇媪打扫卫生，洒扫地板，不久变成永久泥地，厕所故臭逸扬，人人感叹不已。

数年后，我在莫斯科去同学、教师家做客，无论市内公寓，还是郊区小镇、乡间旧棚，室内都洁净如玉，墙角、窗台、厨房、洗漱间都一尘不染。进门必须换鞋、脱大衣。主妇每周日至少花半天洗地板、擦门窗，清理卫生，一丝不苟。苟有发现不到位处，家长，通常是丈夫谴斥："为什么你妈没教会你打扫卫生？回家重学去！"2003年，我率中国科技代表团访问古巴，一位叫尼娜的女士为我们做翻译。她在北大学过中文，说一口流利的北京话。猜想她是西班牙人的后代，因为古巴人口由西班牙人和印第安人混血（Mestizos）、西班牙人和非洲人混血（Mulattos）组成。有一次，她来迟了几分钟，笑着解释说："今天是礼拜天，我必须赶早起来洗刷地板，擦净门窗、厨房和卫生间，否则，丈夫就不要我了。”可见，女孩子从小要学会维持室内卫生是欧洲各国的祖训习俗。

每星期必须洗澡也是欧洲人的生存固智。牢狱、兵营必须设澡堂。20世纪50年代，欧洲的家庭洗浴尚未普及，城镇公共澡堂林立，偏僻乡村居民点必有公共浴室，分日向男女开放。

读中国历史，从黄帝到清末，威胁中国人生存的是岁岁瘟疫、年年灾荒、代代战乱。饥荒、贫困是第一杀手，饿殍遍野，司空见惯。爰久传祖训是民以食为天。穷困也是脏之源，不饿死是第一要务。危殆时，糠、菜、树皮、树叶、煤炭、白土都成了代食品，遑论洁净。“不干不净，吃了没病”之类浑话千年流传。

经常洗澡是欧洲人的良好史俗，现在他们天天洗澡。中国北方干旱缺水，是广大农村缺少洗澡习惯的原因之一。西汉戴德、戴圣所注《礼记》对社会习俗形成有过很大影响。《礼记·内则》规定，五日洗澡，三天洗头，随时洗脸，足垢了洗脚，这是对君王、士大夫的要求。对市井坊间，只建议出生儿“洗三”、四月初八“浴佛”、端午节“洗身”、过年要洗澡，一年洗四次。传说高原缺水处，有人一生只洗三次澡。对打扫卫生，《礼记》定义为“洒扫堂庭”，即喷水扫地。1500年后，明末程朱理学专家朱伯庐所著《治家格言》仍提倡“黎明即起，洒扫庭除”，“洒扫”逐步成为儒家迎接宾客的礼仪。帝王出巡，清宫除道，洒扫街衢，以迎高官。东汉巨子冯衍罢归田里，塞门不仕，闭关却扫，不做官停止洒扫。南宋朱文公以扫榻酬宾教育学童。近代革命家、思想家章炳麟以扫榻之礼待贵宾。保持卫生已非洒扫主旨。

欧洲人常据《圣经》所示，保持卫生，防止瘟疫。每周洗澡，擦洗地板、墙壁，洗涤庭厨，刮除污垢，换洗衣裳，做到室内无灰尘，地上无渍，墙几无垢，这与洒扫绝然不同。生活习俗是文化的重要组分，俄侨给哈尔滨人带来了多元文化的范例。

拥戴天文学

何梁何利基金会和中科院紫金山天文台合谋分给我一枚小红花——由紫台盱眙观测站2007年发现的210210号小行星的命名。紫台从20世纪60年代至今共发现了数百个小行星，大都赐名给了中国科技界团体和代表，这是紫金山天文台的同志们深怀科教兴国之情，对科技界的激励和鞭策，这是科技界的荣幸。我十分感动。

据估算，太阳系中的小行星和彗星总数当在1000亿个，火星、木星之间的小行星带中（1.5—5.2AU[①]）有100万个，冥王星以远的柯伊伯带中（40—500AU）有2亿个，太阳系与星际空间交界的更远处，被称为奥尔特云中（$500—1\times10^5$ AU，1光年$=6.42\times10^4$AU）有1 000亿个。

现在已发现命名的不到1万个。希望紫台今后能找到更多小行星，以后每位科学家和工程师都能分到一个。

---

① 1AU（天文单位，日地距离）$=1.496\times10^8$km.

天文学是现代科学的开路先锋和真理的判官。明朝嘉靖年间哥白尼（1473—1543）创立了日心说（1543）；伽利略（1564—1642）于明崇祯年间发明了天文望远镜（1610），发现了木星四个最大的卫星，打开了天文学观测太空的窗户；牛顿（1642—1727）于清康熙时代发现了万有引力定律（1687），都是由天文观测提供了最后的决定性的证明。天文学最早打开了现代科学的大门，引导人类进入科学文明时代。

这一切都发生在明末清初。明朝以前，人类不明白日月星辰位于何处，如何运行。2 300 年前的战国时代，屈原（前 340—前 278）同时代的人们不知道日月星辰是什么："日月安属？列星安陈？"800 年前，宋朝辛弃疾（稼轩，1140—1270）迷惘："可怜今夕月，向何处，去悠悠？是别有人间，那边才见，光影东头？是天外，空汗漫，但长风浩浩送中秋？飞镜无根谁系？姮娥不嫁谁留？"哥白尼 1543 年出版《天体运行论》，证明了日心说，地球和行星都绕太阳转。西方传教士蒋友仁（Michael Benoit，1715—1774）1744 年来华，把哥白尼的书带到中国并译成中文，献给乾隆皇帝，被锁在皇宫书房，不让人民知道。咸丰年间（1859）数学和天文学家李善兰（1811—1882）与英国汉学家伟烈亚历（Wylie Alexander，1815—1887）合译出《谈天》一书，中国人才知道日心说，昧乎天道 300 年。1928 年，蔡元培先生主持成立了中央研究院，建立了第一个天文研究所，即今日之紫台，成为中国现代天文学的摇篮。

今天，科学仍有三大迷茫：暗物质、暗能量是什么？生命之源是地球还是太空？宇宙是否有源头？这些都有待天文学家去侦察。最近，北京大学吴学兵（Xue-Bing Wu）教授领导的国际团队发现了离我们128亿光年（红移Z=6.3），即在可见宇宙的边界上，一个最远、最亮、最大的类星体（SDSS J010013.02+280225.8），质量为太阳的100亿倍，创宇宙学新纪录（Nature，518，512-515，26 Feb. 2015）。人们热切期望天文学家，特别是中国的天文学家不断有新的发现，给我们带来新知识、新惊喜。

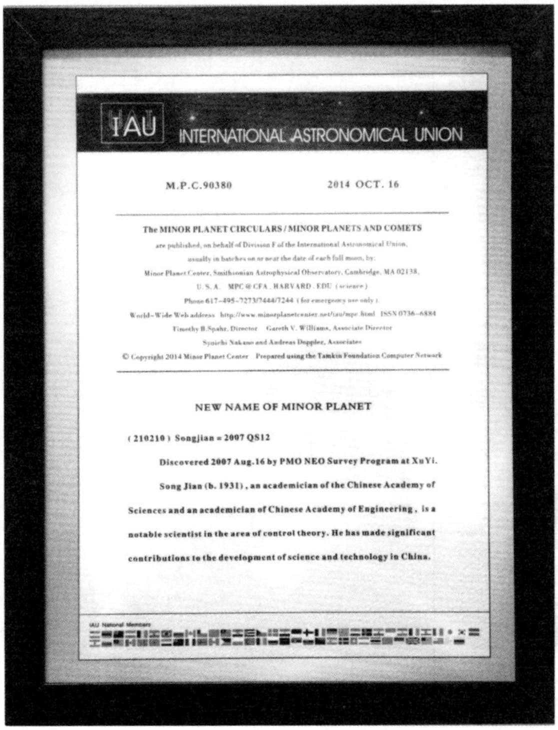
IAU INTERNATIONAL ASTRONOMICAL UNION

M.P.C.90380 2014 OCT. 16

The MINOR PLANET CIRCULARS / MINOR PLANETS AND COMETS
are published, on behalf of Division F of the International Astronomical Union,
usually in batches on or near the date of each full moon, by:
Minor Planet Center, Smithsonian Astrophysical Observatory, Cambridge, MA 02138,
U.S.A. MPC@CFA.HARVARD.EDU (science)
Phone 617-495-7273/7444/7244 (for emergency use only)
World-Wide Web address http://www.minorplanetcenter.net/iau/mpc.html ISSN 0736-6884
Timothy B.Spahr, Director Gareth V. Williams, Associate Director
Syuichi Nakano and Andreas Doppler, Associates
© Copyright 2014 Minor Planet Center Prepared using the Tamkin Foundation Computer Network

NEW NAME OF MINOR PLANET

(210210) Songjian = 2007 QS12

Discovered 2007 Aug.16 by PMO NEO Survey Program at XuYi.

Song Jian (b. 1931), an academician of the Chinese Academy of Sciences and an academician of Chinese Academy of Engineering, is a notable scientist in the area of control theory. He has made significant contributions to the development of science and technology in China.

IAU National Members

宋健星（210210）国际命名公报

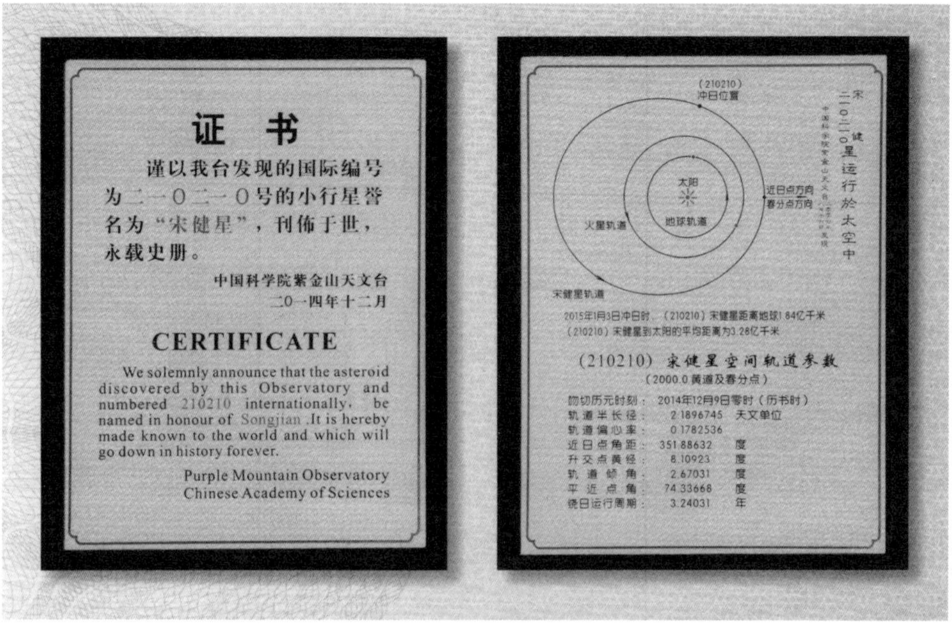

紫金山天文台证书及宋健星空间轨道参数

附：

全国政协十届副主席、中国工程院前院长、中国工程院主席团名誉主席徐匡迪致辞

各位来宾、同志们、同学们：

下午好！

今天，我们共同见证“宋健星”的命名，我向宋健同志表示崇高的敬意和热烈的祝贺。

宋健同志是一位享有崇高声誉、德高望重的科学家。他在控制论研究、航天技术和人口控制论等方面做出了系统性、创造性的成就和贡献。他建立最优控制场论，完整解决了线性系统的最速系统的综合理论；首创人口控制论新交叉学科，研究建立人口控制模型，发现和证明了“人口生育双向极限定律”；在任国务委员、国家科委主任期间发起、主持了面向农村的“星火计划”、创立高技术产业的“火炬计划”等科技项目；领导实施了“863”“攀登”等高技术和基础研究计划；还发起了“夏商周断代工程”。总之，他为推动中国科学技术事业的进步和发展及确立“科

教兴国”战略发挥了重要作用。

宋健同志担任中国工程院院长期间，承前启后，继往开来，带领广大院士，为推进中国工程科技发展做出了突出贡献。20 年来，中国工程院充分发挥国家工程科技思想库作用，围绕事关经济社会及科技发展的全局性问题，开展了一系列宏观性、战略性、前瞻性的咨询研究，以科学咨询支撑了科学决策和科学发展，为建设创新型国家和全面建成小康社会做出了积极贡献。

宋健同志说过：“工程建设将决定我们现代化、工业化建设的前程。中国现代化目标的实现，工程科学技术是主力军。”在 60 多年的科技生涯中，他把自己的全部心血和智慧献给了祖国的科技事业，赢得了广泛的尊重和崇高的荣誉。宋健同志孜孜不倦地思考和探索科学技术发展和现代化建设事业，思考不止、笔耕不辍。今天将一颗小行星命名为“宋健星”，表达了祖国和人民对宋健同志的感谢和崇敬。

人类因智慧而强大，精神因信仰而传承，科技因创新才能引领未来。黑格尔说过：“一个民族有一些关注天空的人，他们才有希望。”现在，在广袤星空中，又有了一颗“宋健星”，这是宋健同志的骄傲，也是中国工程科技界的骄傲。“宋健星”将满载着广大工程科技工作者的寄托永远遨游星空。我愿和大家一道仰望星空，学习宋健同志开拓进取的创新精神、严谨务实的科学态度，为实现中华民族伟大复兴的中国梦而奋斗。

最后，祝宋健同志为国珍摄、健康长寿！

2015 年 3 月 16 日

附：

何梁何利基金评选委员会贺信

尊敬的宋健院士：

欣悉何梁何利基金评选委员会2014年7月向中国科学院紫金山天文台推荐、中国科学院紫金山天文台正式提出命名“宋健星”的申请已获国际批准，何梁何利基金评选委员会及基金同仁，特向您致以热烈的祝贺和崇高的敬意！

国际小行星中心在最近发布的国际新小行星命名公报中宣布，中国科学院紫金山天文台2007年8月16日发现的、国际编号为210210号小行星，已于2014年10月8日荣获国际小行星命名委员会批准，正式命名为“宋健星”。这不仅是您的光荣，而且是何梁何利基金获奖科学家的光荣，也是何梁何利基金评选委员会和全体同仁的光荣。

在这喜庆时刻，我们衷心祝愿（210210）“宋健星”永远闪耀在浩瀚宇宙星空之中！

附：

中国科学院紫金山天文台贺电

尊敬的宋健院士：

顷悉国际小行星中心在最近发布的国际新小行星命名公报中，中国科学院紫金山天文台2007年8月16日发现的、国际编号为210210号小行星，已于2014年10月8日荣获国际小行星命名委员会批准，正式命名为“宋健星”。

宋健院士长期致力于控制论领域的研究，在控制理论、航天技术和人口控制论等方面取得了系统的、创造性成就，并为推动中国科技事业的发展做出了重大贡献。

今天，宋健院士荣获小行星国际命名，这完全是实至名归。在这里我们谨向宋健院士致以最热烈的祝贺！

衷心祝愿(210210)宋健星永远闪耀在宇宙星空之中！

附：

读《航天纵横》

——献给宋健院士

我们初次见面　是在 20 年前
一个寒冷的冬天　那时
我重病缠身　骨瘦如柴
仿佛　生命的花朵　随时都会
被癌症的魔爪　抛向深渊
每天黄昏　我面对西山
凝望着那缓缓坠落的夕阳
和那枯树寒鸦　长空雁阵
哪怕是寒风中翻卷的一片树叶
也会让我心绪如麻　泪流满面
回望 39 年的坎坷旅程
多少次　我曾仰天长叹
恨人生苦短　哀命运多艰
我还记得　一九八五年春节前夕
当你　亲自把模范共产党员的证书

放在我的胸前　站在鲜红的党旗下
一时间　我真是羞愧得无地自容啊
愧疚　感动　幸福　温暖
甚至　没有任何语言能够表达
我对党组织关爱的情感
多少年过去了　我还忘不了那个情景
此刻　当我俯案灯下
拜读你的著作　走进你的诗篇
又一次点燃　我对人生的思考
而你　在我的面前　就像远方
那座高高矗立的大山

记得你曾说过　机遇难得
须抓住不放　才能取得成绩
而勤奋努力　却是最后成功的关键
70 多年的人生旅程　你经历了
多少沟沟坎坎　正是依靠这种精神
这种信念　使你穿越崎岖艰险
最终登上光辉的峰巅
黄海之滨的穷山僻壤　生长着
你求知的渴望　你相信知识

能够改变命运　而祖国的命运
与个人的成长　却这样息息相关
九一八的枪声　卢沟桥的硝烟
在你心中点燃的　是立志报国的理想
党组织的关怀　名师的指点
给了你　搏击风云的辽阔空间
在哈尔滨工业大学　在莫斯科大学
在包曼高等工业学院
你都取得令人瞩目的学习成绩
那篇关于三维空间最优控制系统
设计与试验的论文　曾经受到
世界许多科学家的交口称赞
多少年过去　你的导师
费德鲍曼教授　只要一提起宋健
这个得意门生　阳光般的笑容
便在他面颊上闪烁　舒展
当然　他没有想到　就是这个宋健
不仅在最优控制理论方面
做出许多令人称羡的重大成果
而且后来　你当之无愧地成为
中国科技管理工作的卓越领导人

以统揽全局的雄才大略
在科技体制改革的大潮中
指挥着千军万马　为中华民族的振兴
和科技发展　又做出了
不可磨灭的贡献

啊　尊敬的宋健先生
记得你还曾经这样说过
哀人生之须臾　羡长江之无穷
的确　生命有限　而事业无限
在茫茫的宇宙之中
我们每个人　也许渺小的
犹如一粒尘土　但是
生命的能量　一旦爆发出来
即便是小小的原子　分子　粒子

在其发生裂变聚变的瞬间
也会搞得个地覆天翻
啊　读毛泽东“可上九天揽月
可下五洋捉鳖”诗句
读你的《航天纵横》巨制

从字里行间　我都悟出
一道人生哲理　而你
的的确确　是在用自己的
光辉足迹　和壮志豪情
给后来者　写下了一卷
气势磅礴　耐人寻味的诗篇

郭曰方

2008 年　戊子夏

（作者为中科院机关党委前党委书记、诗人、
中科院文联前主席）

附：

天赋人责

——为《论科技兴邦》一书所作序

大自然安排我辈斯代出生在这片土地上，为她的富强而战斗，是天赋人责，史赋重任。

—— 宋健

山东科学技术出版社和我的几位同事决定编辑出版宋健的又一部论著，这个愿望现在实现了。

如同他以往的著作一样，这本书浓缩了他人生的又一段经历。这段经历所体现的不仅是他自己的人生和思想，而且是一项许多人为之努力的事业。作为他多年的同事，我也经历了这一过程中的许多事情，读来感慨良多，同时对他的见识与思想多有感佩。遵编者之邀，能为其新著作序，深感荣幸。唯恐笔力不逮，不能尽抒胸臆，只能尽陈绵薄，勉力为之，方不负信任。

一

回头看过去的事，就是历史。当代中国的科技发展史，在中华民族历史长河中不过短短一瞬，却也波澜起伏、蔚为壮观。“文化大革命”之后，国家百废待兴。对于从动荡中复苏的中国，科技工作应该做些什么？早在1982年，科技与经济“面向”“依靠”的关系就作为科技工作指导方针提出，但由于时代原因，全社会对它的认同及其对科技发展发挥指导作用还需要经历一个过程。1985年，这一方针在中央《关于科技体制改革的决定》中得到丰富和确认。宋健亲自领导了《决定》的起草工作，对这一方针的确立起到了重要作用。1993年，科技工作指导方针进一步发展为“面向、依靠”和“攀高峰”。这一方针的落实历经了十余年，每一步发展，宋健都曾殚精竭虑，运筹开拓，进而取得成功。

以解放科技生产力、促进科技与经济结合为目标的科技体制改革，稳步推进十年，把中国的科技体系引上了全新的通衢。进入20世纪90年代，宋健又把改革的基本方针抽象为“稳住一头，放开一片”。这一概括，生动活泼，一目了然。

十年来，科技工作各领域异彩纷呈。其中最耀眼者当属“两把火”。作为“面向、依靠”的第一个行动，宋健首倡“星火计划”。其宗旨是“把科学技术的恩惠撒向人间”（宋健语）。“星火计划”1985年试点，翌年全面实施。这把“火”把先进适用的科技成果和商品经济的概念、生产方式传遍广大农村。科技界千军万马进入广阔天地，推动了中国农业现代化和农村工业化的进程。对于渴望科技的广大农村来说，犹如春风甘霖。这把“火”立足中国国情，参照世界潮流，解决中国的问题，是中国科技界的一桩善举。一位老人曾占诗一首咏星火：“自古明君德于民，千秋功业归贤人。思念陈州放粮事，星火一曲子孙吟。”这是人民的心声。

1988年开始实施的“火炬计划”，是体现“面向、依靠”的另一把火。作为发起者，宋健深知，中国对科技的需求有多个层次、多个阶段，不仅需要“星火”为农村摆脱贫困，还需要发展高科技产业使中国最终走向现代化。“火炬计划”以培育高新技术企业为目标，为高技术成果产业化、商品化铺路搭桥，为“863”攻关等计划的成果进入市场创造环境、条件。这一计划在全国建立了一批高新技术产业开发区，使高新技术的火种在全国渐成燎原之势，极大地促进了科技与经济的结合。如今，高新技术产业的发展在全国已蔚为大观。在1996年亚太经合组织（APEC）领导人非正式会议上，江泽民主席提出建立科技工业园区网络的建议，表明此务已成为国家发展战略中的重托。

科学技术要为国家的经济发展服务，这是中国科技界天经地义的使命。作为科学家的宋健非常清楚科学发展有其自身规律和特点。为确保国家长远发展的能力，必须保证基础研究的持续稳定发展。在新时期科技发展战略设计中，基础研究始终保持着重要地位。1986年，成立了国家自然科学基金委员会，专门支持基础性研究。1989年，宋健提出我国科技发展三个层次的战略部署，基础性研究是其中之一。1992年，实施了支持重点基础研究的攀登计划。目前，国家正在制定重点基础研究规划，以进一步加强基础研究工作。

作为国家宏观科技管理者，宋健对中国科技发展战略的设计和执行起到了重要作用。他善于审时度势，随时总结经验，不断对实践进行抽象升华。他还将系统论科学原理广泛应用于科技决策过程，贯穿到部署和运作之中，成功地构造出中国科技工作新的系统运行框架。

二

人民共和国建立时，宋健风华正茂。他奉命赴苏，负笈远游，笃志求学。历经七年寒暑，奠定了作为一个科学家的坚实基础。从他的零星回忆和取得的成就看，他在科学方面的禀赋和以科学为志的信念，炼铸就一个科学家最为重要的品质。回国后，他即投身中国的导弹、航天事业，青春无悔，功绩昭然。“文化大革命”期间，虽历经冲击、磨难，而终不能忘情于科学。“文化大革命”后，出于对中国人口问题的深重忧虑，他邀约同道，用控制论的方法研究中国人口问题，做出了开创性的贡献。

1985 年，宋健受命出任国家科委主任，1986 年又任国务委员兼科委主任。这于他来说是一种新的经历。他从一个笃爱科学的学者，转到了国家科学工作管理者的位置上。几十年来，他在这个位置上的成就有目共睹。他的所思所想所为可以从他的书中看到。我特别为之感动的是他对科技事业的热爱。用他自己的话说，是“竭尽绵薄”来为中国的科技事业“呼号”，“宁愿献出毕生精力、智慧、心血和生命”。我敢于肯定的是，在此重任之下，他的全部心智与情感为科技所系，少有宁寝之日。

当一个人的经历和一项事业结合在一起，并要求他做出努力和奉献的时候，他的人生历程就变成了一种使命。不是每个人都有使命，也不是每个人都能担负得起使命。历史给了宋健以机遇，他顺应历史，担负起了这一重大使命。

三

读宋健的书，有两点印象很深：一是他的历史责任感，二是他诗人般的激情。

充满悲壮、惨痛的中国近代史，是全民族爱国主义教育的题材。在宋健20世纪90年代的著述和讲话中，这段历史是反复出现的一个主题。他不是在一般层面上重述这段史实，而是理性地探求这段历史的真正内涵。为什么中华民族会“百年耻辱，悲啸难收”？他的思考强烈地指向了科技。他尽力阐明了科技落后对中华文明发展的深远影响。科技落后不仅直接导致了挨打受辱，还导致了中华文明在近代落后的命运。中国曾经缺少的科学技术是现代文明的主要组成部分，也必定是中华文明持续发展和达到辉煌的必要条件。

科技界所有同侪都会分享宋健对中国近代史的强烈兴趣。他在回首中华民族悠远历史时总是侧重于对科技史的探寻、引证、比较，诸如各国建立科学院之类的史实。每论及此，他总是压抑不住激情，字里行间充满呼号和啸鸣，这是对民族命运发自内心的呼啸。

宋健把发展科学技术视为当代人的“史赋重任”。用他的话说：“大自然安排我辈斯代出生在这片土地上，为她的富强而战斗，是天赋人责，史赋重任。”几十年来，中国科技事业的巨大变化，千千万万人所付出的努力，已经给未来中国留下了一段不再遗憾的历史。

要想了解中国当代的科技发展，尤其是80年代以来的发展历程，不能不读这本书。由于作者的特殊经历、所处的独特位置以及他的广阔视野，本书的内涵是极其丰富的。我相信，作为一个时代、一项伟大事业的反映，宋健的这本书在历史上是会站得住的。

感谢常平、穆恭谦、张琚、黄寿增、国家科委调研室及《中国科技论坛》杂志编辑部的同志，他们在收集和编辑此书过程中付出了辛勤劳动。感谢山东科学技术出版社的王为珍和王利明同志，他们的热情和技术支持是这本书得以问世的关键。

正草此文时，得到宋健新诗作一首。诵读之时，其情怀与思想跃然纸上。抄录在此，与大家分享：

科技涛涌摧乡郭，归舟重载耐风波。

科教兴国漫燎原，知罪一代两把火。

这首诗是本书最好的注释。是为序。

李绪鄂

1998年早春于北京

（作者为国家科委原常务副主任、航天工业部前部长）